AF297533

L'AMITIÉ DES FEMMES

COMÉDIE EN TROIS ACTES, EN PROSE,

PAR

M. MAZÈRES.

Représentée pour la première fois à Paris, sur le Théâtre français,

LE 10 FÉVRIER 1849.

Personnages.	Acteurs.
LA MARQUISE DE MÉRANGE	Mme ALLAN.
LA BARONNE DURVAL	Mlle NATHALIE.
BRÉMONT, manufacturier	M. PROVOST.
DE BARGY, colonel	M. BRINDEAU.
ROBERT, contre-maître	M. RÉGNIER.
MARGUERITE	Mlle JUDITH.
CHAPOUSSARD, médecin	M. SAMSON.
UN DOMESTIQUE	M. POUGIN.

La scène se passe chez Brémont, à quelques lieues de Rouen.

ACTE PREMIER.

Le théâtre représente un salon élégant. — Une porte à droite conduit à l'appartement de la Marquise. — Une porte à gauche conduit à celui de la Baronne. —A droite, une fenêtre ; à gauche, une cheminée. — Une grande porte au fond. — Des lampes allumées sur les tables et sur la cheminée.

SCÈNE I.

LA MARQUISE *tient des cartes à la main et fait une Patience ;* LA BARONNE *fait de la tapisserie ;* BRÉMONT *est assis près d'elles.*

BRÉMONT.

Ainsi donc, c'est une haine à outrance que vous lui avez jurée, à notre pauvre révolution ?

LA BARONNE.

A outrance, je n'en disconviens pas.

BRÉMONT.

Cependant voilà, si je compte bien, dix mois déjà passés et le temps aurait dû calmer vos regrets, madame la Baronne ; je ne me permets pas de les blâmer, encore moins de les combattre, mais enfin il serait sage d'avoir un peu d'indulgence pour les faits accomplis, et lorsque vous rentrerez à Paris.....

LA BARONNE.

J'y rentrerai en janvier comme j'en suis sortie en juin, furieuse, exaspérée et ne faisant grâce aucune à des événements que je déteste...

BRÉMONT.

Madame la Marquise sourit malicieusement en continuant sa patience ; elle s'apprête sans doute à vous soutenir ?

LA MARQUISE.

Vous savez, mon cher Brémont, que je suis franche, que je ne cache jamais ce que j'ai sur le cœur ; je vous l'ai déjà dit et je vous le redis encore : vous êtes un atroce républicain.

BRÉMONT.

Atroce !

LA BARONNE.

Je suis plus réservée qu'Hélène dans l'expression de ma pensée, mais je n'hésite pas à convenir que mon jugement sur votre compte est absolument le même que le sien.

BRÉMONT.

Réservée ; elle est aimable, votre réserve ! Vous n'avez jamais l'air d'y toucher... je puis vous parler ainsi, madame la Baronne, je vous ai vue enfant... vous n'avez pas l'air d'y toucher et vous êtes plus intolérante que madame la marquise. Vous voilà bien, vous autres femmes ; toujours de l'exagération ! Atroce, moi !... Eh ! mon Dieu, je suis simplement, comme tout bon citoyen, un paisible républicain du lendemain, n'ayant certes rien fait pour amener ce qui est, mais l'acceptant de bonne grâce et le défendant même, au besoin ; donnant dans notre chère Normandie l'exemple de la soumission aux lois ; payant exactement mes contributions, y compris tous les centimes additionnels et autres ; et surtout n'ayant pas laissé un seul jour chômer ma manufacture !... Je m'impose, il est vrai, des sacrifices ; mais à quoi servirait une grande fortune, si l'on n'en faisait pas bon usage ? voilà comment je suis atroce. J'assure du travail à mes cinq cents ouvriers ; je leur fais même des avances, quand ils ne me menacent pas ; j'ai foi dans l'avenir du pays ; je prie Dieu de le sauver, et j'attends !

LA MARQUISE.

Allons, allons, faisons la paix... tendez-moi la main.

LA BARONNE.

Et à moi aussi ; à condition que nous recommencerons demain, car c'est tous les soirs la même guerre.

BRÉMONT.

Et cette guerre me plaît, m'enchante ! n'ai-je pas à bénir la révolution, puisque c'est à elle que je dois la faveur de vous avoir longtemps gardées chez moi ? toutes deux veuves, sans appui, isolées au milieu des fureurs de l'émeute parisienne, vous êtes venues l'une et l'autre demander l'hospitalité à un ancien ami. Et moi, avec quelle joie, avec quelle ferveur je vous ai recueillies, tout fier de posséder à la fois dans ma vieille usine, et la belle marquise de Mérange, naguère encore l'orgueil du faubourg Saint-Germain, et la brillante baronne Durval, l'âme et l'élite de la Chaussée-d'Antin ; tout heureux de cacher sous mon toit roturier tant de distinction, de talents et de grâces ; d'en faire un sujet d'admiration, de les montrer en exemple à ma fille chérie et de charmer ainsi la monotonie de notre solitude ! Vous me faites bien enrager quelquefois, mais je vous le pardonne volontiers, et quand je songe que bientôt va cesser cette vie si calme et si douce...

LA BARONNE.

Cette vie qui m'a attachée à vous, ma chère Hélène....

LA MARQUISE.

Qui nous a unies intimement...

LA BARONNE.

Et à toujours, par les liens de l'affection la plus pure, la plus inaltérable.

LA MARQUISE.

C'est vraiment quelque chose de singulier que le monde !

BRÉMONT.

Le monde, chère Agnès, est une étrange chose !

c'est de l'*École des Femmes.*

LA MARQUISE.

Si vous allez, comme d'habitude, vous lancer dans vos citations de théâtre... laissez-moi donc parler: oui, je le répète, c'est quelque chose d'étrange que le monde! on se jette souvent à la tête de gens dont on s'est engoué, au premier abord, sans trop savoir pourquoi, et qui, lorsqu'on les connaît mieux, vous apparaissent enfin tels qu'ils sont réellement, c'est-à-dire fort insupportables ; tandis que quelquefois on a négligé, repoussé même les personnes auxquelles on aurait eu tout avantage à s'attacher avec empressement, avec cordialité. Voilà la baronne et moi, par exemple, à Paris nous nous connaissions à peine.

LA BARONNE.

Quelques saluts de temps à autre et rien de plus.

LA MARQUISE.

D'abord nous n'appartenions pas à la même société ; les ponts nous séparaient. Et puis, à parler vrai, avions-nous réciproquement le mérite caché de nous plaire, de nous convenir? je n'en répondrais pas.

LA BARONNE.

Pour moi, je l'avoue, c'était douteux ! quand, par hasard, je rencontrais la marquise de Mérange, je me disais : Elle est bien belle, mais... elle a peut-être l'air un peu... fier, un peu hautain...

BRÉMONT.

Ah! Suzon! qu'elle est noble et belle, mais qu'elle est imposante! *le Mariage de Figaro !*.....

LA MARQUISE.

Mon cher Brémont,, vous serez toujours un provincial.

BRÉMONT.

Que voulez-vous? c'est devenu chez moi une habitude, une seconde nature. J'aime le théâtre, je l'ai étudié, et quand on a

un peu de littérature, on est bien aise d'en placer par-ci par-là
quelques fragments...

LA MARQUISE.

C'est très-bien, très-littéraire : cependant permettez-moi de
répondre à Rosine. Moi, lorsque je voyais la jolie baronne Durval
s'avancer au milieu de ses nombreux adorateurs, je la trouvais
ravissante, mais, en conscience, ma chère amie, je me figurais,
parce qu'on me l'avait dit, je ne sais qui, je me figurais que vous
n'étiez pas exempte de... quelques prétentions, bien excusables
sans doute.

LA BARONNE.

Et il a fallu une révolution pour nous ouvrir les yeux !

LA MARQUISE.

Elle aura du moins été bonne à quelque chose. Retirées ici,
loin de toute jalousie, de toute malveillance, pendant notre long
tête-à-tête de chaque jour, nous avons dû nous mieux connaître.

LA BARONNE.

Nous juger plus sainement.

LA MARQUISE.

Et par conséquent nous aimer.

BRÉMONT.

Pouvait-il en être autrement ?

LA BARONNE.

Mêmes goûts, mêmes penchants, mêmes aversions !

LA MARQUISE.

Parfaite conformité d'humeur et de caractère.

LA BARONNE.

J'ai reconnu combien vous êtes bonne, dévouée.

LA MARQUISE.

Je me suis accoutumée à votre esprit si fin, si délicat ! six
grands mois d'intimité, c'est une épreuve.

LA BARONNE.

Cette épreuve est la pierre de touche de notre amitié ! pas un
voile, pas un nuage !

BRÉMONT.

Amitié rare, amitié modèle.

LA MARQUISE.

Qui n'admet plus aucune réserve...

LA BARONNE.

Aucun secret, et sur laquelle le tourbillon de Paris viendra
souffler impunément.

BRÉMONT.

Impunément, c'est une question ; il faudra tôt ou tard vous
séparer.

LA BARONNE.

Nous séparer !

BRÉMONT.

Votre veuvage ne sera pas éternel.

LA MARQUISE.

Pourquoi pas?...

BRÉMONT.

Je vous le prédis : vous vous remarierez.

LA MARQUISE.

Voilà encore une de vos manies, Brémont : prédire, arranger tout d'avance à votre tête...

LA BARONNE.

Et quand arrive l'événement...

BRÉMONT.

L'événement arrivera ! vous vous remarierez ! consultez là-dessus votre patience, qu'est-ce qu'elle en dit ?

LA MARQUISE.

Aucune ne me réussit ! me remarier, moi !

BRÉMONT.

Oui, vous, madame la marquise, et vous aussi, madame la baronne... et qui sait ? Avant Février, votre deuil venait de finir ; vous n'étiez probablement éloignées ni l'une ni l'autre de voler à de secondes noces et vous n'en voulez peut-être tant à la Ré-volution, que parce qu'elle vous a enlevé... ce qui vous man-quait ; ma foi, le mot est lâché ! je suis comme vous, moi, je dis tout ce que j'ai sur le cœur.

LA BARONNE.

Dieu m'est témoin que j'étais à cent lieues d'une pareille idée.

BRÉMONT.

Vous, je ne l'affirme pas ; je n'ai point connu votre mari. Mais j'ai vécu avec le général de Mérange, il a commandé à Rouen, et je soutiens que, lorsqu'on a été sa femme, on doit être tentée de lui donner un successeur ! je ne le trouvais pas aimable, votre général !

LA MARQUISE.

Vous n'étiez pas seul de votre avis, mais ce n'est point là la question.

BRÉMONT.

Il a pour sa part contribué à m'inspirer l'aversion que j'ai pour les militaires ; vous le savez, je ne les aime pas, je ne peux pas les souffrir. Pour en revenir à vous, mesdames, j'entends et je prétends qu'aussitôt après votre rentrée dans le monde, vous plairez, vous aimerez, et alors...

LA MARQUISE.

D'abord, le monde, il n'y en a plus ! est-ce qu'il y a un monde, Rosine ? une société ?

LA BARONNE.

Je n'en connais pas.

LA MARQUISE.

Quant à plaire, à aimer... qu'en dites-vous? de l'amour, en temps de république!

LA BARONNE.

C'est bien commun!

LA MARQUISE.

Bien grossier!

BRÉMONT.

Bien commun, bien grossier... vous en parlez fort à votre aise! J'ai 55 ans, je suis né en 93, et si madame Brémont, ma mère, s'était avisée de ne pas aimer en temps de république, votre serviteur de tout mon cœur! j'entends un cheval! c'est Chapoussard qui nous arrive!... demandez-lui ce qu'il en pense?

LA BARONNE.

Le plaisant docteur Chapoussard!

BRÉMONT.

Ah! je vous en prie, mesdames, ne l'accablez pas, comme de coutume; hier encore, vous l'avez mis à la torture.

LA MARQUISE.

Le grand malheur! M. le docteur Chapoussard; le médecin de campagne le plus amusant!

BRÉMONT.

Le médecin de campagne le plus zélé, le plus secourable aux malheureux! et, ne vous y trompez pas, malgré sa naïveté, sa bon-homie, il a du mérite.

LA BARONNE.

Comme médecin, on le dit, et je n'en serais pas étonnée, mais nous ne sommes pas malades.

BRÉMONT.

Le meilleur garçon de la terre, doux, modeste, inoffensif.

LA MARQUISE.

Et ridicule!

BRÉMONT.

Soit! il est un peu niais, il l'a toujours été, et j'avoue que les circonstances politiques...

LA MARQUISE.

Ne l'ont pas changé; c'est vrai.

BRÉMONT.

Il a mis dans ses opinions un peu de cette confiance aveugle qu'il apporte en toute chose; mais est-ce une raison de le harceler sans cesse, de vous en faire un véritable jouet?

LA MARQUISE.

Puisque nous sommes vaincues, car nous le sommes, laissez-nous au moins le droit de rire un peu de nos vainqueurs.

LA BARONNE.

Ce n'est qu'une revanche; et rire, ce n'est pas se montrer trop sévère.

BRÉMONT.

Non, mais avec lui, c'est peu généreux et, de plus, il y a de votre part de l'ingratitude.

LA BARONNE.

De ma part, à moi ?

BRÉMONT.

Certainement, et peut-être aussi de la vôtre, madame de Mérange. Votre séjour au milieu de nous l'a rendu tout autre qu'auparavant; vous l'avez, à vous deux, ébloui, fasciné, et les principes d'égalité qu'il professe ayant pour lui rapproché les distances...

LA MARQUISE.

Allons donc; ce n'est pas sérieux.

BRÉMONT.

Le voilà; il vous expliquera cela lui-même, s'il en trouve enfin la force et le courage.

SCÈNE II.

LA MARQUISE, BRÉMONT, CHAPOUSSARD, LA BARONNE.

CHAPOUSSARD.

Bonsoir, mon ami. Me sera-t-il permis de présenter mon hommage à ces dames ? madame la baronne... madame la marquise...

LA MARQUISE.

Comment, vous, M. Chapoussard, le plus fougueux démocrate de l'endroit, vous vous obstinez à nous accorder nos titres?

CHAPOUSSARD.

Madame la marquise, la beauté et la grâce auront toujours le premier rang.

BRÉMONT.

Très-bien, Chapoussard.

LA MARQUISE.

Il n'y a plus de marquise, M. le docteur.

LA BARONNE.

Plus de baronne, M. le commissaire.

CHAPOUSSARD.

Oh ! vous allez recommencer. Eh bien, oui, j'ai, pour mon malheur, été commissaire dans un département voisin, mais il ne faut pas m'en garder rancune ; ça n'a pas duré longtemps.

BRÉMONT.

Il est vrai que tu as fait là, comme dit Sosie dans Amphi-
tryon, une belle ambassade. Toi, dont l'existence est, à dix lieues
à la ronde, indispensable aux pauvres, aux malades ; toi, si
prodigue pour eux de tes soins, de ta bourse, de tes veilles ; toi
le confident et la Providence de tous les maux, de toutes les
misères de nos campagnes, tu avais bien besoin d'aspirer je ne
sais quelle fumée d'ambition... « Et j'avais cinquante ans quand
cela m'arriva. »

CHAPOUSSARD.

Ce n'est pas de l'ambition, tu le sais bien, Brémont ; c'était
du patriotisme ! l'avenir s'annonçait alors si beau ! A les en croire,
l'âge d'or se rouvrait pour nous.

LA BARONNE.

L'âge d'or ! il n'y manque que le métal !

CHAPOUSSARD.

Dans mon enthousiasme un peu fanatique, je le confesse,
j'ai voulu apporter aussi ma pierre au nouvel édifice social, et
comme on m'assurait que la violence de mes opinions offrait
nécessairement des garanties d'ordre et de conciliation, je l'ai
cru... et moitié de gré, moitié de force, je me suis laissé conduire dans ce vaste hôtel de Préfecture qui, en vérité, avait l'air
tout aussi étonné de me recevoir que je l'étais moi-même de
m'y installer !... Au début, tout marchait à merveille ; il ne s'a-
gissait que de briser, de bouleverser, et ce travail-là ne m'offrait
pas de grandes difficultés. Je distribuais des places de tout côté ;
c'était superbe ! mais, plus tard, lorsqu'il a fallu descendre
au fond des choses et faire les affaires de tout le monde, je ne savais réellement comment m'y prendre, et il paraît que je n'ai pas
été heureux dans mes prescriptions... Habitué, par état, à sonder
les plaies de l'humanité, je me suis montré, dit-on, plus médecin qu'administrateur ; bref, tout le monde s'est bientôt tourné
contre moi, mes anciens amis les premiers, et au bout de quinze
jours, quand je n'ai plus eu de places à donner, on a voulu tout
bonnement me mettre à la porte !... Je ne me le suis pas fait
dire deux fois, car j'en avais parbleu bien assez !... J'ai filé par
un escalier dérobé, je suis remonté sur mon petit cheval et j'ai
pris le parti de revenir à mes malades.

LA MARQUISE.

Qui peut-être ne s'en étaient pas portés plus mal ?

CHAPOUSSARD.

Vous croyez rire, madame la marquise... eh bien, je ne sais
pas comment cela s'est fait, mais je les ai presque tous retrouvés
guéris. Et moi aussi, j'étais guéri, radicalement guéri de mes

illusions et je jure bien, que, la prochaine fois, on ne m'y reprendra plus !

LA BARONNE.

La prochaine fois est charmant.

LA MARQUISE.

Si l'on vous avait laissé faire, M. Chapoussard, vous nous meniez loin.

LA BARONNE.

A la république rouge.

CHAPOUSSARD.

Rose, madame la baronne, rose ; je ne la voulais que rose ! Croyez-le bien, madame la marquise, j'ai le cœur trop sensible. (*bas à Brémont*), as-tu fait ma commission ? as-tu parlé ?

BRÉMONT, *de même.*

Et toi, t'es-tu enfin fixé ?

CHAPOUSSARD.

Je ne peux pas m'empêcher d'hésiter.

BRÉMONT.

Quelle est décidément celle que tu aimes ?

CHAPOUSSARD.

Je ne sais pas ! c'est tantôt l'une et tantôt l'autre. Je crois pourtant que c'est la marquise, à moins que ce ne soit la baronne.

BRÉMONT.

Tu n'as pas envie de les épouser toutes les deux ?

CHAPOUSSARD.

Je n'ai pas cette prétention-là ; cependant si cela se pouvait...

BRÉMONT.

Ah ! c'est vraiment trop fort ! tu ne seras jamais qu'un niais ; niais en politique, niais en amour, en toutes choses. Qu'est donc devenue ma fille ?

LA MARQUISE.

Elle nous a quittées pour aller donner la leçon aux enfants du contre-maître.

BRÉMONT.

Elle n'en sort pas, de chez le contre-maître.

CHAPOUSSARD.

Les voici tous les deux.

SCÈNE III.

LA MARQUISE, LA BARONNE, CHAPOUSSARD, BRÉMONT, MARGUERITE, ROBERT.

BRÉMONT.

Nous t'attendons, Marguerite, nous t'attendons.

MARGUERITE.

Pardon, mon père; je m'étais excusée auprès de ces dames. Bonsoir, docteur; nous aurons besoin de vous; je vous amène mon vieux Robert... son petit garçon est un peu souffrant...

ROBERT.

Si M. le docteur avait l'extrême bonté, en sortant...

CHAPOUSSARD.

Très-volontiers!...

BRÉMONT.

Tu as abandonné trop longtemps ces dames, Marguerite; tu ne penses qu'à M. Robert, tu es toujours fourrée chez madame Robert; on dirait que tu n'as pas d'autre société que celle de M. le canonnier.

MARGUERITE.

Mon père!

BRÉMONT.

Ce n'est pas convenable... et d'ailleurs tu sais bien que je n'aime pas les militaires.

ROBERT.

Eh bien, moi, M. Brémont, si vous me permettez un mot, j'aime les industriels.

BRÉMONT.

Qu'est-ce que vous dites?

ROBERT.

Je dis que j'aime les industriels, surtout ceux qui, comme vous, M. Brémont, répandent l'aisance et le bien-être autour d'eux... qui sont humains, charitables... car, chez vous, pardon de ma franchise, les actions valent mieux que les paroles.

BRÉMONT.

Je vous remercie de vos compliments et je vous sais gré des bons soins que vous donnez à la fabrique, mais... je le répète... je n'aime pas les militaires.

MARGUERITE.

Encore, mon père, encore?

LA BARONNE.

Et si l'on vous demandait la cause de cette antipathie?

CHAPOUSSARD.

Tu entends? si l'on te demandait la cause? qu'est-ce que tu répondrais? Il t'est facile de te moquer de moi à tout propos et de faire rire ces dames à mes dépens; mais, toi, crois-tu donc que tu n'aies pas aussi tes petits travers? Tu vas, tu vas, tu ne doutes de rien, tu dis tout ce qui te passe par la tête! voyons, réponds; pourquoi?

BRÉMONT.

Pourquoi? pourquoi? je n'en sais rien. Je suis peut-être comme cet Athénien qui s'ennuyait d'entendre appeler Aristide le Juste; je trouve mauvais que partout, dans les pièces de théâtre comme ailleurs, on se plaise à nous représenter les militaires accaparant toutes les qualités, toutes les vertus.

MARGUERITE.

Et s'ils les ont en effet, ces qualités, ces vertus? mon père, vous savez si je vous aime et s'il y a respect plus grand que celui que je vous porte... mais, en vérité, c'est trop d'injustice.

BRÉMONT.

Loin de moi la pensée de t'affliger, Marguerite.

MARGUERITE.

Oui, mon père; c'est de l'injustice!

BRÉMONT.

Je t'en prie... je t'en conjure, calme-toi.

LA MARQUISE.

Marguerite, mon amie...

LA BARONNE.

Vous vous ferez mal.

CHAPOUSSARD.

Les fortes émotions ne vous valent rien.

MARGUERITE.

Je me calmerai, mais je vous dirai, mon père... je puis parler devant nos amis... oui, je vous dirai qu'il n'est pas bien à vous de conserver des préjugés aussi irréfléchis et surtout de vous exprimer ainsi en ma présence! Eh quoi! j'aurai assisté presque en victime à ces horribles saturnales de Rouen, j'aurai vu le sang couler à flots, et je pourrai tranquillement vous entendre répéter comme à plaisir que vous n'aimez pas les militaires? mais songez-y donc, mon père : la révolte refoulée de rue en rue, s'était barricadée devant l'hôtel de votre sœur et déjà venait de l'envahir. Que pouvions-nous, ma tante et moi, deux femmes seules, entourées de quelques faibles serviteurs? trembler au bruit des coups de feu, gémir à la vue des blessés, des mourants que le canon frappait et renversait sous nos fenêtres! quel spectacle, grand Dieu! mais la troupe s'emparait de la place, pénétrait dans les cours, et les insurgés se voyant vaincus parlaient de nous entraîner en otage; parmi eux, dans un groupe que je vois, que j'entends encore, quelques cris sauvages s'étaient élevés qui m'avaient glacée de terreur... Ah! je me croyais perdue!... cependant un peloton d'artilleurs se fraya résolûment un passage et parvint à nous délivrer; il nous rendit à la vie, à la liberté... Et vous n'aimez pas les militaires, mon père? Ah! nous sommes dans un temps où il faut les aimer, où il est juste et sage de les aimer, car c'est à leur courage, à leur honneur que sont, à tout moment, confiées les destinées du pays et, vous ne pouvez pas l'oublier, vous si bon et qui me couvrez de tant d'amour, c'est aux braves canonniers qui combattaient à Rouen, c'est au chef qui les commandait que vous avez dû le salut de votre fille.

BRÉMONT.

Marguerite, mon adorée Marguerite, je te demande pardon.

MARGUERITE.

Permettez... et quelque temps après ces scènes de désolation, lorsque de retour près de vous je vous ai, un jour, vu exposé aux insultes d'une troupe d'ouvriers mutinés... un étranger, un vieux sous-officier, porteur de son congé, s'est présenté ici, recommandé par un de vos meilleurs amis; le hasard a voulu que ce fût aussi un artilleur et, je l'avoue, à ce titre seul, pour moi il a été tout de suite le bienvenu. Admis comme contre-maître dans vos ateliers, il a su, par sa prudence et son énergie, y rétablir l'ordre et la tranquillité d'autrefois. Simple de mœurs, père de famille irréprochable, ingénieux à surveiller vos intérêts et souvent trop oublieux des siens, esclave en tout de son devoir, chacun le cite à l'envi comme un type d'intelligence et de probité... Et c'est devant lui, c'est devant mon bon Robert que vous... non, mon père, non... vous avez le cœur trop droit pour demeurer longtemps injuste!... vous m'imiterez, vous vous affectionnerez à lui... oui, Robert, nous vous aimons, nous vous honorons bien haut, vous et les vôtres!... Voilà ma main, mon ami; mon père va vous donner la sienne.

ROBERT.

Merci, mademoiselle, merci.

BRÉMONT.

Robert, excusez ma vivacité... Et toi, ma fille, encore une fois pardonne-moi...

CHAPOUSSARD.

Depuis ces secousses violentes, elle est devenue si impressionnable! allons, mon enfant, allons ensemble voir le petit Robert.

BRÉMONT.

Va, ma fille chérie. Tu soupes avec nous, Chapoussard ; ne
l'oublie pas.

Rien n'est tel pour causer que le repas du soir !

SCÈNE IV.

LA MARQUISE, LA BARONNE, BRÉMONT.

BRÉMONT.

Concevez-vous une telle exaltation ?

LA MARQUISE.

Elle n'a rien que de très-naturel. Ce malheur, car c'en est un
dans la vie d'une jeune fille, ce malheur est, vous l'avouerez,
assez grave pour émouvoir un cœur de dix-huit ans. Il est tout
simple que Marguerite en ait conservé de douloureux souvenirs
et qu'elle se soit attachée à un brave militaire qui lui rappelle
ceux qui l'ont sauvée.

LA BARONNE.

Et vous, Brémont, permettez-moi cette observation toute
bienveillante, tout affectueuse, vous qui ne vous piquez pas d'a-
voir le don de l'à-propos et de la finesse la plus exquise.....

BRÉMONT.

J'ai eu tort, je m'en accuse.

LA MARQUISE.

Vous allez de but en blanc maltraiter son ami Robert qui vous
a, soit dit en passant, fort bien répondu.

BRÉMONT.

Et elle donc! quelle animation!... elle a une énergie de caractère et une volonté au-dessus de son sexe. Ah ! si celle-là
aime jamais !

LA BARONNE.

Mais, bien certainement elle aimera.

LA MARQUISE.

Elle a tout ce qu'il faut pour cela.

BRÉMONT.

Oui ; mais elle aimera à sa manière.

LA BARONNE.

Est-ce que vous croyez qu'il y en a plusieurs ?

BRÉMONT.

Oui, madame la Baronne, il y en a plusieurs ; les femmes à la
mode, au milieu des distractions du monde et constamment
emportées par le courant, ne font que goûter à l'amour... elles

n'aiment que du bout des lèvres!... Marguerite, elle, telle que vous la voyez, sérieuse, résolue et quelquefois impénétrable.... fuyant les plaisirs de son âge... à Rouen, l'hiver, ne voulant se laisser conduire nulle part... Ah! quand son moment sera venu, s'il vient, elle sera tout feu, tout passion... Elle aimera de toutes les forces de son âme! j'en suis effrayé, et Dieu veuille que ce soit le plus tard possible! Chère Marguerite! Il y a de la poésie dans cette enfant-là!... à qui est-elle destinée? qui viendra me l'enlever?

LA MARQUISE.

Dieu seul le sait!

LA BARONNE.

Le premier venu peut-être!

BRÉMONT.

Sans le connaître, il me semble que je le déteste d'avance... Mais pourquoi diable m'attendrir? Chassons de tristes idées, et pour changer de conversation , tenez... je suis décidément chargé de vous annoncer, de vous confirmer une grande nouvelle.

LA MARQUISE.

Laquelle?

BRÉMONT.

Chapoussard est amoureux.

LA MARQUISE.

Et de qui donc?

BRÉMONT.

Parbleu; de vous, mesdames, de vous.

LA BARONNE.

De nous, qu'est-ce que cela signifie? d'Hélène?

BRÉMONT.

Oui.

LA MARQUISE.

De Rosine ?

BRÉMONT.

Oui.

LA BARONNE.

Expliquez-vous !

BRÉMONT.

Il vous aime toutes les deux, ensemble et séparément. Son cœur, pris à la fois de chaque côté, hésite et flotte entre la majestueuse marquise et la sémillante baronne. Je n'en sais pas davantage, ni lui non plus. C'est son affaire ou plutôt la vôtre!... Je l'avais bien dit : vous vous remarierez.

LA BARONNE,
Vous nous arrangerez quelque mariage de comédie.

SCÈNE V.

LA MARQUISE, LA BARONNE.

LA MARQUISE.
Savez-vous, Rosine, qu'en revenant sans cesse sur ses idées de mariage, cet original de Brémont me jette, malgré moi, dans des réflexions....

LA BARONNE.
Lesquelles ?

LA MARQUISE.
Je ne m'arrête certes pas au docteur Chapoussard ; sa passion, sa double passion, ne me fait l'effet que d'une mauvaise plaisanterie... C'est une conquête que je vous cède, en toute conscience...

LA BARONNE.
Bien obligée ; gardez-la pour vous.

LA MARQUISE.
Nous n'aurons pas de discussion là-dessus.

LA BARONNE.
Nous n'en aurons sur rien, je l'espère.

LA MARQUISE.
Nous attendrons sa déclaration.

LA BARONNE.
Ses déclarations, et si elles nous amusent... nous avons encore quinze jours à passer ici.

LA MARQUISE.
A la campagne...

LA BARONNE.
Passe-temps de province !... mais, plus tard, à Paris... Voyons, Hélène.... Est-ce que ce sera différent ?

LA MARQUISE.
Le veuvage est-il un état si récréatif, si enivrant, que nous devions à notre âge... Calculez donc, quelle immense carrière devant nous !

LA BARONNE.
C'est un horizon à perte de vue.

LA MARQUISE.
Et seules, toujours seules ; on frémit rien que d'y penser.

LA BARONNE.
Est-il possible de ne pas de temps en temps s'égarer ?

LA MARQUISE.

Ne me donnez donc pas de ces idées-là.

LA BARONNE.

Vous qui êtes un peu romanesque !

LA MARQUISE.

Vous, Rosine, vous êtes plus positive.

LA BARONNE.

N'est-ce pas que la solitude a bien des langueurs !

LA MARQUISE.

L'indépendance a aussi ses jouissances !

LA BARONNE.

L'indépendance à soi seule, c'est triste ; ce qu'il y a de bon dans l'indépendance, ce n'est pas de l'avoir, c'est de la prendre, de l'arracher à son mari !

LA MARQUISE.

D'un autre côté, être maîtresse de soi-même, n'avoir pas à ployer sous les volontés d'un despote, c'est quelque chose. Quand on a passé par une telle épreuve, ma chère, on regarde à deux fois avant de s'y engager de nouveau. Oh ! le général, Rosine ; que de caprices, quelle tyrannie ! Et jaloux, comme un tigre ! pour ne pas me laisser loin de lui... il me faisait aller à la manœuvre.

LA BARONNE.

Moi, je n'y aurais pas été.

LA MARQUISE.

Est-ce que M. le baron Durval était aimable ?

LA BARONNE.

Aimable, c'est selon ; il n'aimait, lui, que les chiffres.

LA MARQUISE.

Avait-il de l'esprit ?

LA BARONNE.

Il était régent de la Banque.

LA MARQUISE.

Vous lui étiez attachée ?

LA BARONNE.

Comme vous à M. de Mérange.

LA MARQUISE.

Je vois que nous avons goûté toutes deux la même félicité.

LA BARONNE.

La plus parfaite.

LA MARQUISE.

Et, tout bien considéré, Dieu me préserve de recommencer.... à moins cependant...

LA BARONNE.

A moins...

LA MARQUISE.

Mais non ; il m'en coûte trop de me reporter vers le passé !...

LA BARONNE.

Le passé ?

LA MARQUISE.

C'est mon secret.

LA BARONNE.

Un secret pour moi, Hélène ?

LA MARQUISE.

Rosine ?

LA BARONNE.

Au point où nous en sommes, voulez-vous laisser quelque mystère entre nous ? Une ancienne passion, dites ?

LA MARQUISE.

Nous voilà donc arrivées à nous confier de ces choses dont une femme fait rarement l'aveu à une autre.

LA BARONNE.

Raison de plus ; il faut que tout soit rare dans notre amitié. Hélène, je t'en prie !

LA MARQUISE.

Tu m'en pries !... Ah ! voilà un tutoiement qui m'enchante, et je te le rends avec effusion.

LA BARONNE.

Tiens, embrassons-nous !

LA MARQUISE.

Je ne te cacherai rien, mais confidence pour confidence, et si, de ton côté, il y a quelque chose...

LA BARONNE.

Est-ce qu'il n'y a pas toujours quelque chose ?

LA MARQUISE.

Imagine-toi qu'avant mon mariage...

LA BARONNE.

Avant ? miséricorde ! c'était avant ! Un adorateur de la veille !...

LA MARQUISE.

Et même de l'avant-veille ; nous avions été élevés ensemble. Est-ce que toi aussi ?

LA BARONNE.

Non ; moi, c'était du lendemain.

LA MARQUISE.

C'est plus piquant.

LA BARONNE.

Nous verrons, nous comparerons ; je t'écoute.

LA MARQUISE.

Oh ! il ne faut pas t'attendre à de grandes aventures... C'est bien simple, et ce n'est pas long !... Nous étions jeunes, nous nous aimions, nous nous jurions tous les jours d'être l'un à l'autre et de nous adorer jusqu'au tombeau; tu sais, c'est l'expression consacrée, jusqu'au tombeau. Pendant cet échange de serments cent fois répétés à la face du ciel, mes grands-parents que je n'avais pas jugé à propos de consulter, s'étaient entendus avec ceux de M. de Mérange, mon cousin... Le contrat avait été préparé, car, pour eux, les grands parents, c'est toujours le contrat qui est le sentiment capital... Que te dirai-je? on me parla de mon père qui, à son lit de mort, avait désiré cette union... de notre nom, le nom de Mérange, qui devait se conserver dans la famille... Tu sais que, parmi nous, ces idées de caste ont de l'empire....

LA BARONNE.

Beaucoup trop.

LA MARQUISE.

Je me suis laissé faire, et lui...

LA BARONNE.

L'autre ?

LA MARQUISE.

Oui, l'autre, le pauvre garçon est parti furieux, me reprochant ma trahison, me déclarant qu'il ne me reverrait de sa vie.

LA BARONNE.

Et il sera mort de désespoir?

LA MARQUISE.

Non, sans l'avoir jamais rencontré, je sais qu'il est encore de ce monde.

LA BARONNE.

Eh bien ! à te parler franchement, l'anecdote n'a rien de bien original ; ça se voit partout.

LA MARQUISE.

Je te la donne pour ce qu'elle est. Il m'a sans doute oubliée, mais son souvenir m'a peu quittée, le général s'est d'ailleurs chargé de le faire revivre, et maintenant que je suis libre, ah! Rosine... tu comprends!... s'il m'était permis de réparer ma faute !

LA BARONNE.

Tu la réparerais avec plaisir.

LA MARQUISE.

Avec bonheur !

LA BARONNE.

Quel feu !... c'est tout naturel et ce n'est pas impossible.

LA MARQUISE.

J'en doute, mais j'y pense souvent ! Et toi, que vas-tu me raconter?

LA BARONNE.

Mon histoire est mieux que la tienne ; c'est d'un autre genre et un peu plus accidenté. Je n'appartiens pas, comme toi, au noble faubourg; je suis tout simplement d'une famille de la banque, mais puritaine, très-puritaine. Il y en a comme cela, même à la Bourse. J'ai donc reçu une éducation sévère et toute religieuse.

LA MARQUISE.

Bah !

LA BARONNE.

C'est aussi vrai que je te le dis, et quand on m'a mariée, j'avais des principes. J'ai été donnée, ainsi que ma dot, à M. le baron Durval, autre puritain en morale comme en affaires, banquier renommé, député influent, loup-cervier complet. Oui, ma chère, telle que tu me vois, j'étais la femme d'un loup-cervier!... Ça ne me déplaisait pas, car je n'ai point eu à me plaindre de lui, le digne homme ! Tout ce dont il pouvait me gratifier, un grand train de maison, une excessive liberté, je n'avais pas même la peine de le lui demander, et j'en ai usé avec toute l'ardeur qu'inspire forcément une longue et trop pieuse réclusion ! Ne crois pas que j'aie à me reprocher beaucoup de folies... on m'en a prêté plus que je n'en ai fait. J'étais légère, coquette, mais je promettais plus que je ne tenais; chez moi le cœur ne parlait pas. Une seule fois...

LA MARQUISE.

Ah! j'attendais.

LA BARONNE.

Sais-tu que c'est délicat, une confession comme la nôtre ! Il était aimable, à la mode, beau, pressant.... et....

LA MARQUISE.

Et tu lui as accordé.....

LA BARONNE.

Seulement ce que mes principes me permettaient de ne pas lui refuser. Je l'aimais, oui, je l'aimais, celui-là, car, en ce moment même, me voilà presque attendrie ! Croirais-tu qu'il m'a accusée de l'avoir trompé, trahi pour un autre ? il n'en était rien, mais je fus mal défendue par les apparences.... j'eus le tort de m'emporter contre lui. C'était chez moi , à la campagne , sur les bords de la Marne; son ami était aussi violent, aussi brave que lui.... de là du scandale , un duel au bois de Vincennes, une rupture qui eut de la publicité, trop de publicité !

SCÈNE VI.

LA MARQUISE, MARGUERITE, LA BARONNE.

MARGUERITE.

Ah! mes amies !... si vous saviez ! quel événement !

LA MARQUISE.

Qu'est-ce donc, Marguerite, qu'avez-vous ?

LA BARONNE.

Elle est toute tremblante !

MARGUERITE.

Quel malheur ! mais non, il n'y a point de malheur, je suis... tellement saisie.

LA MARQUISE.

Parlez ! qu'est-il arrivé ?

MARGUERITE.

J'étais depuis quelques instants chez Robert qui venait de nous quitter ; je jouais avec les enfants ; tout à coup, nous entendons des cris au dehors.... une voiture en poste roulait sur la chaussée, à l'endroit où la route fait presque l'angle aevc le canal de l'usine... la nuit est très-obscure,.. les chevaux se sont effrayés... un voyageur a sauté, sain et sauf, à ce qu'il paraît, en bas de la voiture ; mais Robert qui avait couru au secours et qui s'efforçait de dégager le postillon, ce bon Robert a été renversé !...

LA MARQUISE.

Ah ! mon Dieu !

MARGUERITE.

Rassurez-vous, ma chère amie, et vous aussi, baronne, merci de votre intérêt pour lui ! un si digne père de famille ! il pouvait être jeté, broyé sous la grande roue de la machine. Oh ! c'est affreux ! mon père s'est empressé de descendre. Il offre, je crois, l'hospitalité à ce voyageur.

LA BARONNE.

Sait-on qui il est ?

MARGUERITE.

Je ne l'ai pas regardé ; j'étais tout entière au danger qui avait menacé Robert.

SCÈNE VII.

LA MARQUISE, LA BARONNE, DE BARGY, BRÉMONT, MARGUERITE, ROBERT.

BRÉMONT.

Entrez, monsieur ; donnez-vous la peine d'entrer.

DE BARGY.

Monsieur, je suis confus !... Je ne sais comment vous exprimer mes regrets.

BRÉMONT.

Ma fille, monsieur, ma Marguerite, que j'ai l'honneur de vous présenter.

DE BARGY.

Mademoiselle, veuillez agréer mes respects et mes excuses.

LA BARONNE.

. Mais... je ne me trompe pas....

DE BARGY.

Madame la baronne Durval !

LA BARONNE.

C'est bien M. de Bargy ?

LA MARQUISE.

M. de Bargy, est-il possible ?

DE BARGY.

Que vois-je ? madame la marquise de Mérange ! j'étais loin de m'attendre....

BRÉMONT.

Vous connaissez ces dames, monsieur ? je m'en félicite.

MARGUERITE.

Ces dames sont mes amies, monsieur.

LA BARONNE.

Nous nous sommes vus autrefois, M. de Bargy et moi. J'espère qu'il ne m'a point oubliée ?

DE BARGY.

Voilà cinq ou six ans, je crois, que je n'avais eu l'honneur de rencontrer madame la baronne ; pour madame la marquise, il y a beaucoup plus longtemps, et c'est moi qui pourrais craindre que mon souvenir....

LA MARQUISE.

Il m'a toujours été présent, monsieur, et je rends grâce au hasard....

BRÉMONT.

Nous le bénissons tous, ce hasard qui pouvait devenir si funeste ! Il vous tarde, monsieur, de savoir chez qui vous vous trouvez ? Je me nomme Brémont, riche manufacturier ; cinq cents ouvriers. J'ai été assez heureux pour que madame la marquise de Mérange et madame la baronne Durval voulussent bien se contenter, pendant quelques mois, de mon modeste manoir.... Croyez, monsieur de....

DE BARGY.

De Bargy, monsieur ; le colonel de Bargy.

BRÉMONT.

Colonel !.... vous êtes colonel ? certainement, M. le colonel, je n'aime pas les.....

MARGUERITE.

Les cérémonies... (*bas*) mon père.

BRÉMONT, *de même*.

Tu as raison ; j'allais dire une sottise.

MARGUERITE.

Mon père dit, M. le colonel, qu'il n'aime pas les cérémonies, et sans aucunes façons, il vous prie de nous faire l'honneur de prendre gîte chez lui. Il est tard.

BRÉMONT.

Vous trouverez, monsieur, bon lit et bonne table ,
Bon visage surtout, compagnie agréable !

Les Deux Gendres !

DE BARGY.

J'accepte, Monsieur ; oui, Mademoiselle, j'accepte avec empressement... et bonheur.... car c'en est un pour moi que de me retrouver auprès de ces dames.

LA BARONNE, *à part.*

Toujours galant.

LA MARQUISE, *à part.*

Aimable comme autrefois.

DE BARGY.

Je revenais, Monsieur, d'une mission qui m'a conduit sur tout le littoral de la Normandie ; le gouvernement se décide enfin à y établir une ligne de défense et j'ai été chargé d'étudier les points de la côte où nous pourrons placer nos pièces en batterie. Je suis colonel d'artillerie.

MARGUERITE.

D'artillerie ? d'artillerie ?

DE BARGY.

Oui, mademoiselle.

MARGUERITE.

Mais, M. le colonel, Robert que voilà, Robert qui s'est jeté à la tête de vos chevaux est un ancien canonnier.

DE BARGY.

Ah ! mon brave, pardonnez-moi de n'avoir pas encore pu vous renouveler mes remercîments. Vous permettez, mesdames... Combien d'années de service ?

ROBERT.

Enfant de troupe, mon colonel ; j'ai 60 ans.

DE BARGY.

Vous avez fait toutes les campagnes de l'empire ?

ROBERT.

Pas une de plus, pas une de moins.

DE BARGY.

Votre grade ?

ROBERT.

Maréchal-des-logis-chef.

DE BARGY.

Ce sont sans doute de graves blessures qui vous ont obligé à vous retirer ?

ROBERT.

Oui, mon colonel.

DE BARGY.

Vous les avez reçues en Afrique?

ROBERT.

A la bataille d'Isly; il y faisait chaud, à la droite du grand carré.

DE BARGY.

Je le sais; j'y étais! On est fier, monsieur, de commander à de si braves gens, et vous devez être satisfait d'avoir celui-là près de vous.

BRÉMONT.

Très-satisfait, M. le colonel, très-satisfait.

DE BARGY.

Que de courage, que d'abnégation dans cette armée d'Afrique!... c'est notre pépinière de bons soldats.

ROBERT.

Et de bons généraux, mon colonel.

BRÉMONT, *à part.*

J'ai deux hommes chez moi, ils sont tous les deux militaires! M. le colonel, nous allons tout à l'heure souper; ici, nous soupons encore.... c'est une vieille coutume de Normandie, que ces dames ont bien voulu autoriser.

DE BARGY.

A ces arbitres du goût, je ne puis que m'associer avec plaisir! je demanderai seulement la permission...

BRÉMONT.

Je vous conduis à votre appartement; Marguerite, tu donneras tes ordres...

MARGUERITE.

Oui, mon père...

ROBERT.

Je vous suis, mademoiselle.

BRÉMONT.

Robert, je vous recommande de veiller au service de M. le colonel.

DE BARGY.

Mesdames, je ne vous dis point adieu.

SCÈNE VIII.

LA BARONNE, LA MARQUISE.

LA MARQUISE.

Ah! ma chère amie! j'ose à peine y croire! c'est lui, Rosine, c'est lui.

LA BARONNE.

Qui, lui?

LA MARQUISE.

Eugène.

LA BARONNE.

Eugène?

LA MARQUISE.

Eugène de Bargy!... celui que j'ai aimé et, je le sens bien, que j'aime encore.

LA BARONNE.

Quoi! ce pauvre garçon qui est parti furieux et qui n'est pas mort de désespoir, ce serait M. de Bargy? Hélène, ma bonne Hélène... du courage, mon amie. Hélas! j'en ai moi-même grand besoin.

LA MARQUISE.

Que veux-tu dire?

LA BARONNE.

J'imiterai ta sincérité!... comme toi, je n'ai pu le revoir sans éprouver des regrets, des remords peut-être...

LA MARQUISE.

Des remords?

LA BARONNE.

Il ne méritait pas la manière dont je l'ai traité.

LA MARQUISE.

Qu'entends-je? ce jeune homme à qui tu as accordé tout ce que tes principes.....

LA BARONNE.

C'est Eugène! c'est M. de Bargy.

LA MARQUISE.

Quel hasard étrange!

LA BARONNE.

Quel rapprochement!

LA MARQUISE.

Ce n'est peut-être pas un hasard! il aura su mon veuvage.

LA BARONNE.

Il aura appris que j'étais ici.

LA MARQUISE.

Comme dix années l'ont changé à son avantage.

LA BARONNE.

Que cet air digne lui sied bien.

LA MARQUISE.

De mon temps, c'était un tout jeune homme, vif, léger, étourdi.

LA BARONNE.

Du mien, c'était un brillant officier, lancé dans le grand monde, homme à bonnes fortunes et, comme disent ces messieurs, un peu viveur.

LA MARQUISE.

Il a maintenant un air sérieux, mais si distingué.

LA BARONNE.

Cette beauté mâle lui va beaucoup mieux.

LA MARQUISE.

Rosine...

LA BARONNE.

Hélène?

LA MARQUISE.

Que faire?

LA BARONNE.

Je te le demande.

LA MARQUISE.

Je ne te parlerai pas de droits d'antériorité.

LA BARONNE.

Les plus récents ne sont pas les plus mauvais.

LA MARQUISE.

Un sacrifice, il n'en est pas que je ne sois prête à faire pour toi.

LA BARONNE.

Moi de même... cependant...

LA MARQUISE.

Ecoute, Rosine; la situation est délicate... il faut trancher dans le vif.

LA BARONNE.

Trancher dans le vif, soit ; mais comment?

LA MARQUISE.

Point d'irrésolutions, point de faiblesse ! Un auteur a dit : « Les hommes sont cause que les femmes ne s'aiment point. »

LA BARONNE.

C'est La Bruyère, je crois.

LA MARQUISE.

Est-ce La Bruyère? Si Brémont était là, il nous le dirait. Eh bien, prouvons à La Bruyère qu'il n'a pas le sens commun. Nous ne sommes pas des femmes vulgaires !

LA BARONNE.

Nous n'avons rien de vulgaire !

LA MARQUISE.

Sachons nous mettre à l'abri de toute mesquine jalousie et laissons franchement, loyalement, à M. de Bargy le soin de choisir entre nous deux... Est-ce ton avis?

LA BARONNE.

Je ne demande pas mieux.

LA MARQUISE.

Nous ne descendrons pas avec lui jusqu'à faire appel aux souvenirs du passé.

LA BARONNE.

Ce ne serait pas convenable.

LA MARQUISE.

Chacune de nous a ses qualités...

LA BARONNE.

Ses avantages distincts et qui lui sont propres; nous n'irons pas les lui jeter à la tête.

LA MARQUISE.

Point d'avances!

LA BARONNE.

Aucuns frais, aucunes coquetteries!

LA MARQUISE.

Des coquetteries, fi donc!... ce serait engager une lutte...

LA BARONNE.

Une lutte entre nous?... quelle idée!

LA MARQUISE.

Idée révoltante!... Me vois-tu luttant contre toi, Rosine? est-ce possible?

LA BARONNE.

Nous ne sommes pas faites pour nous combattre!

LA MARQUISE.

Nous sommes faites pour nous aimer!

LA BARONNE.

Oui, oui, pour nous aimer! (*Elles s'embrassent.*)

LA MARQUISE.

Il prononcera dans toute la liberté de son cœur.

LA BARONNE.

Nous resterons devant lui impassibles et muettes.

LA MARQUISE.

Muettes, même des yeux!

LA BARONNE.

Même des yeux, soit. Pas un mot! La rivalité du silence!... Si nous allions faire un peu de toilette?

LA MARQUISE.

J'allais te le proposer... mais il n'est plus temps. Et surtout que tout le monde ignore...

LA BARONNE.

Bouche close!...

SCÈNE IX.

LA BARONNE, CHAPOUSSARD, LA MARQUISE.

CHAPOUSSARD.

Mesdames, j'accours tout empressé... Madame la marquise...

LA MARQUISE, *à part.*

Je n'ai rien à craindre... ma vue a produit de l'effet sur lui.

CHAPOUSSARD.

Madame la baronne...

LA BARONNE, *à part.*

Je ne risque rien... un regard, et je le ramène à mes pieds.

CHAPOUSSARD, *à part.*

Mais il me semble qu'elles ne font aucune attention à moi ! Brémont n'aura pas encore trouvé l'occasion favorable. Ah ! si j'osais !...

SCÈNE X.

CHAPOUSSARD, BRÉMONT, DE BARGY, LA MARQUISE,
LA BARONNE.

DE BARGY.

Je suis honteux, monsieur, de la peine que vous prenez.

BRÉMONT.

Vous ne nous gênez nullement; vous voyez que nous sommes assez grandement établis. Je me réserve, pour demain, le plaisir de vous conduire dans mes ateliers; vous n'échapperez pas à la visite du propriétaire!... M. le docteur Chapoussard, le médecin, l'ami de la maison. — Vieux garçon, comme Bonnard,

Un camarade à moi, mon compagnon d'enfance !...

Monsieur le colonel de Bargy.

CHAPOUSSARD, *bas.*

Qu'est-ce donc que ce colonel?

BRÉMONT.

Je te conterai cela.

LA MARQUISE, *bas à la baronne.*

Tu vois, je ne bouge pas.

LA BARONNE, *bas à la marquise.*

Ni moi non plus.

DE BARGY.

Je ne saurais assez vous répéter, mesdames, combien je me félicite.....

SCÈNE XI.

LES MÊMES, MARGUERITE.

BRÉMONT.

Eh bien, Marguerite, est-ce que nous ne nous mettons pas à table ?

MARGUERITE.

On sert, mon père, dans un instant.

BRÉMONT.

Avant la mission qu'il vient de remplir, M. de Bargy n'avait jamais visité notre belle Normandie?

DE BARGY.

Je vous demande pardon, monsieur; j'ai été en garnison à
Rouen.

MARGUERITE.

A Rouen?

DE BARGY.

Oui, mademoiselle...

MARGUERITE, *bas à Brémont.*

Mon père, M. de Bargy, je le connais.

BRÉMONT, *de même.*

Tu le connais?

MARGUERITE.

Je crois le connaître... je l'ai vu à Rouen.

SCÈNE XII.

LES MÊMES, UN DOMESTIQUE.

LE DOMESTIQUE.

Monsieur est servi.

BRÉMONT.

Chapoussard... monsieur le colonel... mesdames.... C'est bien
extraordinaire!... il connaît la baronne, il connaît la marquise...
ma fille le connaît, peut-être! il n'y a que moi, chez moi, à qui il
soit tout à fait étranger (*Il sort.*)

FIN DU PREMIER ACTE.

ACTE DEUXIÈME.

Le lendemain.—Même salon.

SCÈNE I.

DE BARGY, ROBERT.

DE BARGY.
Tu es bien sûr que nous serons seuls, que personne ne pourra nous surprendre.

ROBERT.
Ces dames travaillent dans la galerie; M. Brémont fait ses comptes avec le régisseur; mademoiselle Marguerite est chez ma femme; nous avons un ou deux bons quarts d'heure devant nous.

DE BARGY.
Hier, en présence de tout ce monde, j'étais au supplice de me contraindre, et mon cœur impatient s'élançait au-devant du tien!

ROBERT.
Et le mien donc, mon colonel! moi qui vous dois la vie.

DE BARGY.
Ne parlons pas de cela.

ROBERT.
Si fait, parbleu!... parlons-en, parlons-en toujours!... un officier qui se précipite en dehors du carré pour arracher son pauvre subordonné à la mort; celui-là, il a droit à un dévouement, à une affection sans bornes, sans limites! mon colonel, je ne sais pas bien m'exprimer... mais, voyez-vous... tout moi est à vous.

DE BARGY.
Tu me l'as bien prouvé! Tiens, je t'en prie, ne nous attendrissons plus. J'ai besoin de tout mon calme, de tout mon sang-froid...

ROBERT.
C'est vrai. Me voilà d'ailleurs payé de toutes mes peines!

DE BARGY.
Des peines, tu en as donc eu pour moi?

ROBERT.

Eh ! eh !... ça n'a pas marché tout seul. M. Brémont n'est pas tous les jours commode.

DE BARGY.

Pourquoi t'ai-je entraîné avec moi dans une mauvaise action ? Oh ! c'est une action blâmable, et cette comédie que nous avons jouée hier, je me la reproche, je m'en indigne. Pour toi, mon brave camarade, pour toi encore plus que pour moi-même !... mais, que veux-tu ?... cet amour, cette passion me domine avec tant de puissance. Dégoûté de ma vie passée, désabusé de toutes ces femmes coquettes, fatigué de ces dissipations du monde qu'on appelle des succès, n'ayant de famille que mon régiment, de fortune que mon épée... je me suis jeté tout éperdu et comme un fou, car il y a vraiment dans ma conduite un esprit de vertige et de folie, je me suis jeté en aveugle vers cette apparition trop fugitive, j'en ai fait ma seule pensée, le but de tous mes rêves. Tu étais libre ; tu venais de payer ta dernière dette à la patrie...

ROBERT.

Après la patrie, c'est vous, mon colonel.

DE BARGY.

Tu as voulu te donner à moi corps et âme tout entiers !... Tu es venu, discret et silencieux, demander asile à un inconnu ; apprendre, à ton âge, un nouveau métier ; te courber sous les caprices d'un maître. Et pourquoi, insensés que nous sommes ? pour épier imprudemment les secrets d'un intérieur qui ne sera jamais le mien ; pour que tu m'écrives à la dérobée que Marguerite a l'âme noble et généreuse ; pouvais-je en douter ! qu'elle est souvent rêveuse, souffrante ; c'est pour moi une peine à ajouter à tant d'autres ! que, fille unique, elle sera riche, très-riche ; c'est ma condamnation ! mais tout à coup tu m'as pressé d'arriver... je suis accouru... je l'ai revue enfin ; j'ai passé à l'admirer une soirée délicieuse, et voilà que je l'aime plus éperdument encore ! Qu'avons-nous donc gagné ? tout à l'heure il faudra repartir...

ROBERT.

Et si l'on vous invite à rester ?

DE BARGY.

Voyons, parle ; que sais-tu ?

ROBERT.

Je ne sais rien, rien, mais j'y vois clair. Entre mademoiselle Marguerite et moi, mon colonel, le nom de M. de Bargy n'a jamais été prononcé. Je ne lui ai pas dit, je n'ai dit ici à personne que j'étais dans cette bagarre de Rouen, et pourtant il n'y a pas de jour où elle n'ait du plaisir à m'en parler, à m'en reparler sans cesse!... elle avait vu le commandant de la batterie, elle l'avait remarqué.

DE BARGY.

Remarqué... pas assez pour me reconnaître.

ROBERT.

C'est la seule confidence qu'elle m'ait faite, et quant à moi, je ne m'en serais permis aucune, c'était la consigne.

DE BARGY.

Le bon sens façonné par la discipline! du tact, de la délicatesse, ils ont tout, ces hommes-là!

ROBERT.

Elle s'est attachée à moi, à moi vieux troupier tout fini; elle a comme une adoration pour son ami Robert, pour ma femme, pour mes enfants... tout cela, est-ce à cause de mes beaux yeux? Allons donc! c'est parce que je portais le même uniforme que son commandant de la batterie, qui lui tourne la tête...

DE BARGY.

Robert... il serait possible!

ROBERT.

Oh! le coup a porté, allez; vous avez pointé juste...

DE BARGY.

Tu croirais.....

ROBERT.

Elle étouffe, cette belle fille, elle étouffe!... le père, ce monsieur qui n'aime pas les militaires... l'olibrius de médecin de campagne, les belles grandes dames... tous tant qu'ils sont, ils n'y voient rien... Eh bien, moi, je me suis dit: le cœur est gonflé; il faut que ça éclate!... et d'ailleurs le meilleur docteur pour une maladie, c'est celui qui l'a faite! vous y voilà; il n'y a plus à reculer! vous allez entrer en consultation, et vous lui conterez vous-même la chose...

DE BARGY.

Sa fortune, Robert, sa fortune... c'est là ce qui m'effraye et m'arrête!... et quelle fatale rencontre... madame de Mérange, madame Durval... Ce sont encore de nouveaux obstacles...

ROBERT.

Obstacles, qui sait? mon colonel, un moyen: vous connaissez bien ma Rosalie, ma bonne chère femme?

DE BARGY.

La plus digne créature!

ROBERT.

Voulez-vous savoir comment je l'ai épousée, à Besançon? Il paraît qu'elle m'aimait un peu, cette jeunesse... je m'en doutais, mais elle ne disait rien... ma foi, je n'ai fait ni une ni deux, j'ai

pris une maîtresse... Rosalie a parlé tout de suite. Et m'est avis
que pour faire parler mademoiselle Marguerite... qu'en dites-vous,
mon colonel? Je crois que ces deux noblesses ne refuseraient pas
la conversation avec vous. Autrefois, vous ne vous en tiriez pas
trop mal; témoin, quand nous étions en garnison à Vincennes.

DE BARGY.

Il est vrai que j'aurais bien, si je le voulais, quelques comptes
à régler avec ces dames? nous allons voir! l'essentiel, c'est de
ne point partir. Je n'ai pas besoin de te recommander de la prudence.

ROBERT.

Je serai là, toujours là à votre disposition... et on agira selon
les circonstances. Voilà Mademoiselle; son père est avec elle.

SCÈNE II.

MARGUERITE, BRÉMONT, DE BARGY.

BRÉMONT.

Je vous cherchais, M. le colonel; pardonnez-moi de n'être pas
venu vous trouver plus tôt; voilà mon excuse! ce que Danville
s'écrie en parlant d'Hortense sa femme, moi, tous les jours, je le
répète, à mon lever, en embrassant ma fille.

> Quand cet astre à mes yeux luit dans la matinée
> Il rend mon front serein pour toute la journée!

Danville était du Havre, monsieur... et Casimir Delavigne
aussi! nous voulions, elle et moi, nous assurer...

DE BARGY.

C'est moi, monsieur... mademoiselle, qui tenais à vous témoi-
gner, avant mon départ...

BRÉMONT.

Votre départ?

MARGUERITE.

Déjà.

DE BARGY.

Voilà un mot dont je suis infiniment honoré; mais dois-je
abuser...

BRÉMONT.

Et madame de Mérange, et madame Durval qui ont paru si char-
mées l'une et l'autre de retrouver une ancienne connaissance!
j'ai bien assez de mes querelles journalières avec ces dames et je

n'irai pas me donner vis-à-vis d'elles le tort de n'avoir pas su vous retenir.

MARGUERITE.

Il est certain, mon père, qu'elles ne vous le pardonneraient pas.

BRÉMONT.

Va, Marguerite ; je vais causer avec M. de Bargy et s'il persistait dans son refus...

DE BARGY.

Mademoiselle, ce n'est point un refus...

BRÉMONT.

Son hésitation, soit ; je lui opposerais certains motifs... à moi connus...

DE BARGY.

Il n'en est aucuns......

MARGUERITE, *bas à Brémont.*

Est-ce que vous voudriez ?...

BRÉMONT, *de même.*

Non, non... laisse-moi faire ! (*Haut.*) Ces motifs, ma fille, ne sont pas de votre compétence... c'est entre M. de Bargy et moi...

MARGUERITE.

Je me retire, mais je rappelle à M. le colonel qu'il a promis une visite à la famille Robert ; je la lui ai annoncée.

SCÈNE III.

BRÉMONT, DE BARGY.

BRÉMONT.

Bien ; elle est partie !... il n'était pas convenable que je vous fisse trop d'instances devant elle.

DE BARGY.

Pourquoi donc ?

BRÉMONT.

Il est des choses qu'une jeune personne ne doit pas même soupçonner.

DE BARGY.

Je ne vous comprends pas.

BRÉMONT.

Ou vous faites semblant de ne pas me comprendre ; comme vous voudrez. Ce qu'il y a de certain, c'est que vous nous restez, n'est-il pas vrai ?

DE BARGY.

Vous y mettez tant de grâce.

BRÉMONT.

A la bonne heure ! j'en étais bien sûr ! vous parliez de départ, et vous teniez beaucoup à ne pas nous quitter ; c'est ce que nous appelons, à la scène, une fausse sortie.

DE BARGY.

Monsieur...

BRÉMONT.

Je regretterais de me montrer indiscret, de vous mettre mal à l'aise avec moi... mais, en conscience, M. de Bargy... si petite qu'elle soit, chacun a sa dose d'amour-propre.

DE BARGY.

Que voulez-vous dire?

BRÉMONT.

Je dis que je ne manque pas d'un certain talent d'observation... je sais le théâtre, j'en connais tous les ressorts, toutes les vieilles rubriques ; je me plais à les appliquer avec quelque discernement aux diverses situations de la vie, et, cette fois, vous serez obligé de convenir que si, depuis hier, vous avez été habile, je ne dois pas, de mon côté, passer à vos yeux pour être tout à fait aveugle, tout à fait maladroit.

DE BARGY.

Monsieur, je vous ai écouté très-attentivement et je ne puis concevoir.....

BRÉMONT.

Vous ne concevez pas que j'ai tout deviné.

DE BARGY.

Deviné.

BRÉMONT.

Tout, M. le colonel ! je ne vous dirai pas comme Molière, dans l'*Avare :* Vous parlez devant un homme à qui tout Naples est connu... il ne s'agit pas de Naples ! Mais je vous dirai : Vous parlez devant un homme qui sait à fond tout son répertoire, et puisque vous vouliez employer un moyen de comédie pour arriver chez moi...

DE BARGY.

Un moyen de comédie?

BRÉMONT.

Il fallait en choisir un moins commun que celui de la chaise de poste versée à la porte du château.

DE BARGY.

Monsieur...

BRÉMONT.

C'est bien usé !... je vous citerai vingt pièces dans lesquelles l'amoureux ne s'introduit pas autrement.

DE BARGY.

Grand Dieu !

BRÉMONT.

Tenez... pour ne pas remonter trop haut, un charmant proverbe de M. de Musset : *Il ne faut jurer de rien.* Je le connais; je l'ai joué.... en société.

DE BARGY.

Quoi! vous pourriez penser.....

BRÉMONT.

Et ce brave Robert qui, dupe tout le premier, a manqué se faire écraser sous les pieds des chevaux!... ne croyez pas que j'aie eu besoin d'interroger le postillon? mon Dieu, non! ce matin, en visitant les remises, je me suis borné à examiner votre calèche; elle est fort belle... il n'y manque pas un écrou?

DE BARGY.

Monsieur, si vous avez la bonté de m'entendre un instant...

BRÉMONT.

Votre entrée, hier soir, votre étonnement à la vue de ces dames et la scène de la reconnaissance, scène que vous avez du reste fort bien jouée, tout cela m'avait donné l'éveil... j'ai réfléchi toute la nuit; j'ai bâti mon plan ou plutôt j'ai rebâti le vôtre.....

DE BARGY.

De grâce, écoutez-moi !

BRÉMONT.

Et voilà comment je suis parvenu, moi que l'on suppose si peu clairvoyant, moi industriel de province, mais Normand... Normand versé dans la littérature dramatique... né à Rouen, patrie de Corneille... voilà comment je suis parvenu à percer à jour votre petite ruse, que je suis d'ailleurs bien loin de vous reprocher... j'ai été jeune... je sais compatir aux maux que j'ai soufferts! « Vous ne m'aviez pas dit cet amour-là, Lisette?... » *Le jeu de l'amour et du hasard.*

DE BARGY.

Cet amour, elle l'ignore... je vous l'atteste !

BRÉMONT.

Et quand elle le saurait, voyez donc le grand mal ! ça ne la réduirait pas au désespoir...

DE BARGY.

Que dites-vous !

BRÉMONT.

Allons... un peu de confiance. Est-ce la marquise ou bien la baronne ?

DE BARGY, *à part.*

La baronne! la marquise!... oh ! je respire.... il m'a fait une peur ! ces dames sont, je ne le nie pas, charmantes; mais...

BRÉMONT.

Mais, j'en fais l'aveu, ma pénétration n'a pas encore été jusqu'à découvrir pour laquelle des deux vous êtes venu ! En vous
voyant parler bas à madame de Mérange, j'ai d'abord cru que c'é-
tait elle, mais la baronne s'est empressée de vous prendre, c'est
le mot, et elle vous a retenu si longtemps....

DE BARGY.

Ma foi, payons d'audace et je suis sauvé ! Monsieur, il est impossible de lutter contre votre perspicacité...

BRÉMONT.

Vous n'aurez plus envie de la mettre en doute...

DE BARGY.

Je m'en garderais bien ! puisque vous venez de vous-même
au-devant de moi, puisque vous me donnez spontanément la
réplique... je ne me permettrai pas de vous démentir.

BRÉMONT.

Est-ce la marquise ?

DE BARGY.

Non, monsieur.

BRÉMONT.

Alors, c'est la baronne ?

DE BARGY.

Dispensez-moi, je vous prie, d'en dire davantage ; je ne nom-
merai personne. Je ne me suis pas encore déclaré, j'ignore si
mes vœux seront agréés et je dois, en galant homme, ne pas
compromettre.....

BRÉMONT.

C'est juste ! c'est convenable !

Et pour être approuvés,
De semblables projets veulent être achevés !

Ne me le dites pas, mais, je vous en préviens, il me faudra
tout au plus vingt-quatre heures pour savoir à quoi m'en tenir.
Ah çà, il est bien entendu que nous vous gardons quelques jours ?

DE BARGY.

Je ne me ferai point prier, maintenant que vous savez tout.
(*A part.*) Me voilà installé ; c'est le point important.

BRÉMONT.

Et si je puis vous servir... disposez de moi. Je leur disais
hier encore : Votre veuvage ne durera pas... et elles ne voulaient
pas me croire ! En voilà déjà une de casée, car je ne doute pas que
vous ne réussissiez ! quant à l'autre, on verra plus tard !... Chapoussard ! ah ! colonel, voilà quelqu'un que vous rendrez bien
malheureux.

DE BARGY.

Malheureux ! et pourquoi donc ?

3

SCÈNE IV.

CHAPOUSSARD, BRÉMONT, DE BARGY.

CHAPOUSSARD.

Je ne suis pas importun?

BRÉMONT.

Importun, toi!... un ami, et un ami dans la peine!

CHAPOUSSARD.

Dans la peine? bien au contraire.

BRÉMONT.

Si tu n'y es pas, tu vas y être.

CHAPOUSSARD.

Je te jure bien que non. J'ai fait, ce matin, cinq ou six lieues; je n'ai vu partout que des convalescents; je suis frais, dispos, et mes courses au trot m'ont donné...

DE BARGY.

De l'appétit?

CHAPOUSSARD.

Non... c'est-à-dire, si, de l'appétit d'abord, M. le colonel; mais autre chose encore... Brémont, tu devines? du courage? j'arrive avec la résolution de faire ma déclaration...

BRÉMONT.

A qui?

CHAPOUSSARD.

A toutes les deux.

BRÉMONT.

Il n'y a pas de jour où tu ne m'en dises autant.

CHAPOUSSARD.

Aujourd'hui, tu verras!

BRÉMONT.

Chapoussard... je ne te cacherai pas la vérité... M. de Bargy, je vous la dois à vous-même, et pour éviter quelque malentendu, quelque explication tardive et fâcheuse, je vous la dirai tout en-tière. Nous garderons ceci très-secret, mais, entre gens comme il faut, il vaut mieux savoir d'avance à quoi s'en tenir! Messieurs, je cède à la nécessité en vous faisant un pareil aveu... Messieurs, vous êtes rivaux!

DE BARGY.

Rivaux!... M. le docteur et moi?

CHAPOUSSARD.

Serait-ce possible? ah!... M. le colonel, vous, mon rival! com-bien je vous ai d'obligation! quel bonheur pour moi!

BRÉMONT.

Quel bonheur! Est-ce que tu te flatterais de l'emporter.....

CHAPOUSSARD.

Non, je ne me flatte pas de l'emporter; je sais trop bien me

rendre justice, mais voici la réflexion toute simple que je fais :
M. le colonel n'ignore pas, je le suppose du moins, quelle est
celle de ces deux dames à qui s'adressent ses hommages...

DE BARGY.

Je ne l'ignore pas, sans aucun doute.

CHAPOUSSARD.

Eh bien, moi, qui suis malheureusement dans une position
toute différente...

DE BARGY.

Comment! vous ne savez pas...

CHAPOUSSARD.

Eh! mon Dieu, non!... c'est là mon malheur! mais, grâce à
vous, M. le colonel... je vais sortir d'embarras! Votre choix dé-
cidera du mien... je saurai enfin quelle est celle que je préfère ;
un mot de vous et me voilà fixé!

BRÉMONT.

Pas mal raisonné.

CHAPOUSSARD.

Hein ? toi qui me traites de niais, tu n'aurais pas trouvé celui-là !

BRÉMONT.

A merveille! je vois qu'il n'y a aucun danger à laisser ensemble des rivaux en si parfait accord. Entendez-vous, messieurs ;
combinez vos moyens d'attaque. M. de Bargy, il est inutile de
vous faire observer que mon ami a besoin de votre protection ;
aidez-le, soyez-lui favorable ! toi, demande des conseils, suis-les
avec confiance, et tout ira bien ! M. le colonel épousera celle qu'il
aime... et puis....

CHAPOUSSARD.

Et puis ?

BRÉMONT.

Comme dit Gresset, dans *le Méchant,*

Et nous te marierons par-dessus le marché.

SCÈNE V.

CHAPOUSSARD, DE BARGY.

DE BARGY, *à part.*

Ah çà, mais tout cela commence à m'impatienter et puisque
me voilà, bien malgré moi, lancé dans une mauvaise intrigue
amoureuse qui me rappelle mon ancien temps, j'ai presque envie
de mener grand train le docteur Chapoussard... oh!... en vérité
il y aurait conscience.

CHAPOUSSARD.

M. le colonel, avant d'entrer en matière, permettez-moi une
seule observation. Pendant la soirée d'hier, j'ai pu remarquer
que vos opinions politiques et les miennes ne sont pas absolument les mêmes.

DE BARGY.

Où voulez-vous en venir, monsieur?

CHAPOUSSARD.

J'espère que ces légères nuances n'influeront en rien sur les excellents rapports qui vont s'établir entre nous? et d'ailleurs, M. le colonel, mes sentiments se sont, depuis quelques mois, considérablement modifiés. Rien n'éclaire autant que l'expérience. J'exécrais la noblesse, monsieur; il m'est quelquefois même arrivé, malgré mon naturel pacifique, de hasarder contre elle, je vous en demande pardon, des propos assez inconsidérés! les femmes surtout, les femmes de la haute société; on m'en avait dit tant d'horreurs!... ah! combien on est coupable d'attaquer ce qu'on ne connaît pas! Il m'a suffi de voir ces deux dames, pour revenir de mon aveuglement. Que de grâces, que de charmes et quelle supériorité! maintenant, je le soutiendrais à haute voix et, s'il le fallait, devant mes amis politiques : je ne connais rien de plus beau qu'une marquise, je ne connais rien de si joli qu'une baronne... et si madame de Mérange ou madame Durval daignait descendre jusqu'à moi, ce ne sont pas ses titres perdus que je regretterais de ne pouvoir déposer à ses pieds, c'est un trône que je voudrais avoir à lui offrir!...

DE BARGY.

Un trône!... vous?

CHAPOUSSARD.

Je sais que le moment n'est pas bien opportun, mais, ma foi, je l'ai dit!... oui, un trône!... et je le redirais en face de la Montagne elle-même !

DE BARGY.

M. Chapoussard, vous êtes un réactionnaire! vous pouvez vous présenter en toute assurance.

CHAPOUSSARD.

Mais... à laquelle? C'est de vous que dépend.....

DE BARGY.

Pardon, je l'oubliais!... Au fait, puisque je suis venu pour demander la main...

CHAPOUSSARD.

De la marquise, n'est-il pas vrai?

DE BARGY.

La marquise!... allons... autant l'une que l'autre!... Oui, docteur, oui, c'est la marquise...

CHAPOUSSARD.

Je l'aurais-parié, et je ne m'en plains pas, parce qu'effectivement je crois que la baronne me convient davantage.

DE BARGY.

Et du caractère que je lui connais, si vous étiez son mari, vous lui conviendriez infailliblement.

CHAPOUSSARD.

Je l'aperçois dans la galerie... Elle vient!... je cours au-devant d'elle! Il me semble qu'aujourd'hui j'ai de l'audace... Allons... à vous la marquise, à moi la baronne, et si, de mon côté, je pouvais vous servir par quelques insinuations adroitement jetées, soyez sûr que je ne m'en ferai pas faute.

DE BARGY.

A charge de revanche, monsieur le docteur.

SCÈNE VI.

DE BARGY, *seul.*

Allons, le sort en est jeté. En flattant les idées de mon cher hôte, je gagne du temps et je m'établis dans la place. Avec ces dames, il faudra jouer serré... Mais comment voir Marguerite, la voir seule... Robert...

SCÈNE VII.

.ROBERT, DE BARGY.

ROBERT.

La baronne est là... elle écoute à peine le docteur.

DE BARGY.

Et la marquise, que devient-elle?

ROBERT.

Elle cause, en ce moment, avec M. Brémont; on vous l'enverra, mon colonel... et mademoiselle Marguerite ensuite, s'il est né—cessaire.

DE BARGY.

Bien ; je compte sur toi.

ROBERT.

J'ai l'oreille au guet et je ne quitte pas ma faction.

SCÈNE VIII.

DE BARGY, LA BARONNE.

LA BARONNE.

On a quelque peine à vous rencontrer, monsieur de Bargy.

DE BARGY.

C'est moi, madame la baronne, qui, depuis ce matin, me plaignais...

LA BARONNE.

Nous avons, m'a-t-on dit, le bonheur de vous conserver?

DE BARGY.

Il m'était difficile de résister à d'aimables instances; je suis si heureux de retrouver d'anciennes amitiés, le hasard m'a si bien servi...

LA BARONNE.

Le hasard? Si j'en croyais quelques mots échappés à Brémont, ces anciennes amitiés ne seraient pas étrangères à... la visite que vous lui avez faite... et j'en étais pour ma part très-touchée, très-reconnaissante, lorsque tout à l'heure, à l'instant même, j'ai rencontré M. Chapoussard qui s'est chargé, lui, de compléter les demi-confidences de Brémont. Le bonhomme n'y a pas mis de malice.

DE BARGY, *à part.*

Je l'aurais parié.

LA BARONNE.

En m'adressant, pour son propre compte, une tendre déclaration qui ne m'a point surprise, je l'attendais, mais qui m'a paru la plus divertissante de toutes les bouffonneries et que j'ai reçue comme elle méritait de l'être, il m'a nettement expliqué les motifs du séjour qu'on a... obtenu de vous, vos projets, vos espérances.

DE BARGY.

Je n'ai cependant autorisé personne...

LA BARONNE.

Vous avez maintenant une position, monsieur de Bargy?

DE BARGY.

Des circonstances extraordinaires m'ont fait colonel plus tôt que je n'espérais l'être.

LA BARONNE.

Et vous voulez vous marier?

DE BARGY.

Il faut bien en finir; (*à part*) nous y voilà! (*Haut.*) Me le conseillez-vous?

LA BARONNE.

Si je vous le conseille? mais je viens vous trouver tout exprès pour cela! J'ai éprouvé une telle joie en apprenant que vous pensiez à madame de Mérange...

DE BARGY.

C'est votre amie?

LA BARONNE.

Ma meilleure amie!... et, croyez-le bien, ce n'est pas l'affection que j'ai pour elle qui me la fait voir comme je la vois; je n'ai aucun aveuglement.

DE BARGY.

Il n'y en a point à la trouver très-bien... Ainsi, vous m'approuvez?

LA BARONNE.

C'est un choix qui me paraît, sous tous les rapports, très-convenable. Hélène a de la bonté, de la douceur, le cœur le plus aimant!... et si le général de Mérange n'a pas été heureux... certes, c'est bien sa faute!...

DE BARGY.

Ah ! le général?...

LA BARONNE.

Vous ne le saviez pas? Ce n'était pourtant un secret pour personne. Leur union a été déplorable. Les uns ont donné tort au mari, les autres à la femme, comme il arrive toujours ; mais on croit généralement que la pauvre marquise n'a eu rien à se reprocher.

DE BARGY.

Elle est, n'est-ce pas, d'un commerce très-facile?

LA BARONNE.

C'est une bonne nature de femme. On la dit fière, impérieuse, mais je ne m'en suis jamais aperçue... ou du moins très rarement; par exemple, elle est un peu jalouse.

DE BARGY.

Elle, jalouse ?

LA BARONNE.

A l'excès!

DE BARGY.

Elle est donc bien changée?

LA BARONNE.

Vous l'avez connue fort jeune ; voilà quinze ans, je crois?

DE BARGY.

Dix ans... tout au plus.

LA BARONNE.

Dix ans... quinze ans... le temps n'y fait rien. Quel âge a-t-elle? trente-cinq ans?

DE BARGY.

Oh ! pas tant.

LA BARONNE.

Soit; je ne le sais pas!... moi, je l'aime trop sincèrement, cette chère Hélène, je lui suis trop attachée pour que son éloge puisse paraître suspect dans ma bouche, mais, je l'avoue, elle a d'elle-même une opinion qui devient quelquefois blessante pour les autres... et

DE BARGY.

Oh ! vous m'affligez !

LA BARONNE.

Les moindres soins, les moindres préférences qu'on peut m'accorder devant elle, l'affectent vivement et lui donnent une humeur qui souvent retombe sur notre tête-à-tête; j'ai eu bien souvent à en souffrir... mais, après tout, je ne sais pas ce qu'elle serait avec vous.... l'amour fait des miracles.

DE BARGY.

Je ne me vante pas de lui en inspirer assez... a-t-elle aimé jamais?

LA BARONNE.

Je vous le demanderai, M. de Bargy? aimé à plaire, je le crois; à dominer, ce n'est pas impossible.

DE BARGY.

Comment, avec cet air doux et tant de beauté....

LA BARONNE.

De la beauté, oh! oui!... oh! elle est belle!... c'est dommage qu'elle ne soit pas blanche...

DE BARGY.

Pas blanche!

LA BARONNE.

Elle le paraît le soir, parce qu'elle met du blanc!... ce n'est pas un mal!

DE BARGY.

Au moins, elle a de beaux yeux?

LA BARONNE.

Qui est-ce qui n'a pas de beaux yeux? tout le monde a de beaux yeux! elle les a grands!... le tour en est un peu noir, un peu fatigué, mais les hommes ne détestent pas cela!... ce qu'elle a, au suprême degré, c'est le mérite de s'habiller, de s'arranger avec un goût parfait; il y a chez elle un art de dissimuler certaines petites...

DE BARGY, *à part.*

Amitié! amitié!... voilà de tes caresses!... elles vont jusqu'au sang.

LA BARONNE.

Eh! bien... qu'avez-vous donc?

DE BARGY.

Je réfléchis... n'y a-t-il pas là matière à sérieuses réflexions? Ah! je ne le vois que trop... on ne connaît jamais bien les femmes.

LA BARONNE.

Vous... mais nous!

DE BARGY.

Je le crois bien; vous en faites une étude si détaillée...

LA BARONNE.

En vous disant tout cela, mon cher M. de Bargy, je crois parler à un honnête homme, à un ami, sachant le monde, discret et qui, m'ayant consultée, a dû compter sur ma bonne foi, sur ma véracité.

DE BARGY.

Comment donc! je vous en ai la plus grande obligation.

LA BARONNE.

Nous avons été trop liés, vous et moi, pour que je n'aie pas saisi avec empressement l'occasion de vous donner un témoignage de mon ancienne estime.

DE BARGY.

Je n'attendais pas moins de vous.

LA BARONNE.

Il y a des personnes pour lesquelles l'intérêt qu'elles ont inspiré ne s'efface jamais; au contraire, il augmente, et vous êtes du nombre! Voyez... M. de Bargy, pesez, dans votre sagesse, le pour et le contre. Je vous le répète, madame de Mérange est une femme très-méritante... ce sera une bonne mère de famille!... elle n'a rien de saillant, rien de brillant, mais si vous voulez vivre loin de Paris, au fond d'une terre... c'est tout ce qu'il vous faut!... elle a souvent la migraine, elle fait des Patiences ; vous, vous irez à la chasse, vous visiterez les environs... ce sera pour vous et pour elle une charmante existence!... Adieu, M. de Bargy, à bientôt!... vous ne m'en voulez pas?

DE BARGY.

Pas le moins du monde.

LA BARONNE.

Et nous pouvons toujours compter l'un sur l'autre.

DE BARGY.

Toujours!... madame de Mérange...

SCÈNE IX.

LA BARONNE, DE BARGY, LA MARQUISE.

LA MARQUISE.

Je te cherchais, Rosine.

LA BARONNE.

Et moi, ma chère amie, je m'occupais de toi.

DE BARGY.

Nous parlions de cette douce union où vous vivez et qui fait de vous, mesdames, le meilleur et le plus touchant des éloges.

LA MARQUISE.

Plutôt celui de Rosine que le mien !

LA BARONNE.

C'est moi qui ai tout à y gagner.

LA MARQUISE.

Pas de fausse modestie, va ; nous nous valons bien.

LA BARONNE.

Et qu'es-tu devenue toute la matinée ?

LA MARQUISE.

J'ai eu un peu de migraine.

LA BARONNE, *bas à de Bargy.*

Qu'est-ce que je vous disais... (*Haut.*) Oh ! tu as souffert, que je suis désolée... mais... tu vas mieux ?

LA MARQUISE.

Très-bien, merci ! je viens de causer avec Brémont qui m'a parlé de toi, de M. de Bargy...

DE BARGY, *à part.*

Allons !... il aura fait des siennes de ce côté-là !

LA MARQUISE.

Je crains de troubler votre conversation....

DE BARGY, *à part.*

Il n'y a rien de si gauche qu'un homme entre deux femmes.

LA MARQUISE.

Je me retire en te priant d'excuser mon indiscrétion.

LA BARONNE.

Pas du tout !... M. de Bargy et moi, nous n'avons plus rien à nous dire, tandis que toi, j'en ai la certitude, tu seras enchantée de t'entretenir avec lui. Je vous laisse.

LA MARQUISE, *à part.*

Elle me nargue, je crois.

SCÈNE X.

DE BARGY, LA MARQUISE.

DE BARGY.

Je dois à cet entretien, madame la marquise, la douceur de vous redire encore tout le charme que j'ai trouvé dans notre rencontre si imprévue.

LA MARQUISE.

Oh ! M. de Bargy, point de vains détours, de protestations inutiles.

DE BARGY.

Vous êtes émue, madame ?

LA MARQUISE.

Je ne chercherai point à m'en cacher ! ce n'est pas, en effet, sans quelque émotion qu'on retrouve, après une si longue séparation, l'ami de son enfance, le compagnon de ses jeunes années, le confident de ses premières rêveries... et si, par malheur, on a eu des torts envers lui, cette émotion devient plus vive encore... écoutez-moi, M. de Bargy : je ne veux pas savoir si, comme le prétend Brémont, il a dû l'honneur de vous recevoir

à un expédient de théâtre dont je suis tentée de laisser le mérite à son imagination ; je ne vous demanderai pas, je ne peux
pas vous demander, moi, si madame la baronne Durval est,
ainsi qu'il le pense, le but, l'unique but de votre expédition che-
valeresque ; je vous parlerai encore moins des consolations qu'on
n'a pas craint de m'offrir en me faisant entrevoir le prochain
hommage de M. Chapoussard.

DE BARGY.

Croyez que je ne suis pour rien dans de tels commérages !

LA MARQUISE.

Je le crois ; je vous ai connu l'âme élevée, et dix glorieuses
années n'ont pu que la rehausser encore... je ne vous déman
derai donc rien, mais, ne vous y trompez pas, je sais tout.

DE BARGY.

Vous savez ?...

LA MARQUISE.

Nous n'avons rien à prétendre l'un de l'autre, M. de Bargy ;
souffrez donc que je vous parle avec franchise !... qu'est-ce que
vous allez faire ? vous enchaîner pour la vie à... une coquette
que vous connaissez pour telle, qui déjà s'est jouée de vous ! oh !
je le sais, elle s'est déjà jouée de vous...

DE BARGY.

Mais je la croyais.....

LA MARQUISE.

Mon amie, n'est-ce pas, ma meilleure amie ! faut-il donc que,
pour se faire adopter, ma franchise ait recours à la feinte, à ces
ménagements, à ces faux semblant dont le monde est si prodigue et que peut-être, là, tout à l'heure, elle employait elle-même
contre moi.

DE BARGY, à part.

Elles ont un instinct... (Haut). D'après l'intimité qui règne
entre vous.....

LA MARQUISE.

Comment s'est-elle formée, cette intimité ? je me réfugie ici
désertant Paris et ses luttes abominables... J'y trouve madame
la baronne Durval... et vraiment, je ne sais pourquoi je me suis
habituée à ce titre de baronne qui est fort contestable !... M. Durval était un médiocre commerçant, enrichi on ne sait comment...
anobli on ne sait pourquoi !... peut-être quelques méfaits élec-
toraux ! noblesse de banque et de la plus petite espèce !...

DE BARGY.

Vous avouerez que, dans ce temps-ci, la grande et la petite
espèce en sont à peu près au même point.

LA MARQUISE.

C'est juste, et je vous remercie de me ramener par une plaisanterie à plus de calme, de modération. Nous voilà donc ici, seules, vis-à-vis l'une de l'autre... fallait-il donc lui tourner le dos, à cette femme? j'ai agi chez Brémont, soit dit entre nous, comme on agit aux eaux, en voyage, à l'étranger. Là, on accepte ce qu'on a sous la main ; on prend ce qu'on trouve... et nous nous sommes liées, puisque liaison il y a !... mais croyez-vous qu'à mon retour je ne rompe pas cette amitié passagère et factice? elle la recherche, elle ; elle s'accrocherait volontiers à moi, parce qu'elle a sa réputation à rétablir !... M. de Bargy, êtes-vous jaloux?

DE BARGY.

Pourquoi me demandez-vous cela?

LA MARQUISE.

Vous le savez bien ! vous ne tenez pas à ce que je vous donne madame Durval pour une vertu inébranlable, n'est-il pas vrai ! allons... je vous accorderai qu'elle est sage, de temps en temps ! si vous n'êtes pas jaloux, vous aurez, en fermant les yeux, un intérieur assez paisible; si vous l'êtes, en la surveillant pas à pas, en ne la quittant jamais, vous serez à peu près sûr d'elle... votre ménage ressemblera à beaucoup d'autres ménages et vous pourrez encore être l'homme le plus heureux du monde.

DE BARGY, *à part.*

Amitié!... douce amitié... (*Haut.*) Si quelque chose me séduisait en elle, ce serait son esprit?...

LA MARQUISE.

L'esprit? elle l'a sec et vide comme le cœur ! aucun naturel, point de jugement, des prétentions en tout genre et des plus extravagantes...

DE BARGY.

Quel malheur qu'avec une si jolie figure, elle ait tant de défauts...

LA MARQUISE.

Jolie figure, je vous y attendais ; elle paraît jolie de loin... mais analysez tout cela : on ne sait ce que c'est !... pas de teint ! son visage est quelquefois animé, parce qu'elle met du rouge ! Et puis des goûts de toilette effrénés... un amour de la dépense qui a, dit-on, ruiné son mari !... bourgeoise, archibourgeoise, et voulant faire la grande dame ! tenez, Bargy, ce sont ces petites femmes-là qui ont perdu le dernier gouvernement.

DE BARGY.

En vérité?

LA MARQUISE.

Nous n'en étions pas, nous branche aînée, de ce gouvernement! elles ont voulu, les pauvres folles, se grandir à notre
exemple et créer une aristocratie nouvelle; étaient-elles d'étoffe à cela, je vous le demande? bals à la cour, loges à l'Opéra
et aux Italiens, courses de Chantilly, blasons de contrebande...
elles allaient, elles allaient comme on va pour s'étourdir!... le
revenu ne suffisant pas, on mangeait le capital!... on jouait, on
trafiquait de tout : chemins de fer, canaux, fournitures, coupons
de rente, consciences!... on s'enivrait d'un luxe d'emprunt...
on s'endormait dans l'or, la soie et le velours!... on voulait, en
un mot, prendre notre place, nous singer de toutes les manières
et, en effet, on n'y a pas manqué; l'imitation a été jusqu'à la
chute!

DE BARGY.

Le tableau n'est pas flatté...

LA MARQUISE.

Vous riez... vous riez... et vous allez, vous, M. de Bargy, vous
allez vous embourgeoiser...

DE BARGY.

Écoutez, Hélène; permettez-moi ce nom... encore quelques
instants... demain peut-être... vous aurez toute ma confiance,
car, vous, vous la méritez! Hélène, le cœur d'un galant homme
peut s'ouvrir à la fois à l'amour d'une femme et à l'amitié d'une
autre...

LA MARQUISE.

Moi... vous voudriez...

DE BARGY.

Je vous dirai tout, et, sachez-le bien, après les tendresses de
celle à qui je donnerais ma vie, il n'y aura pour moi rien de
plus doux, je le sens en ce moment, que le serrement de main
tout cordial d'une véritable amie!... au revoir... Hélène... au
revoir. (*Il lui baise la main.*)

LA MARQUISE.

Marguerite !

SCÈNE XI.

ROBERT, DE BARGY, MARGUERITE.

MARGUERITE, *dans le fond.*

Qu'ai-je vu ?

DE BARGY, *allant à elle.*

Mademoiselle.....

ROBERT.

M. Brémont attend M. le colonel au bas de l'escalier, pour le conduire dans les ateliers...

DE BARGY.

Je descends... mademoiselle voudra bien m'excuser... (*Il sort.*)

SCÈNE XII.

ROBERT, MARGUERITE.

MARGUERITE.

Ah! Robert!

ROBERT.

Ce que vous avez vu, mademoiselle, ce n'est pas vrai!

MARGUERITE.

Pas vrai!... mais, je l'ai vu!...

ROBERT.

Non!... il ne faut pas y croire! mademoiselle, écoutez-moi!

MARGUERITE.

Ah! mon ami... si tu savais!

ROBERT.

Je sais, mademoiselle... oui, je sais que vous souffrez... il n'aime pas la marquise.

MARGUERITE.

Il n'est venu que pour elle!

ROBERT.

Il n'est ici que pour vous!

MARGUERITE.

Pour moi, Robert, pour moi!

ROBERT.

Il vous a vue à Rouen... il vous aime....

MARGUERITE.

Il m'aime!... lui!... ah!... mais, c'est lui, n'est-ce pas, c'est bien lui qui m'a sauvée...

ROBERT.

Lui-même!... j'étais à ses côtés...

MARGUERITE.

Toi, Robert!...

ROBERT.

Mais on pourrait nous surprendre!

MARGUERITE.

Ah! tu ne me trompes pas! tu ne voudrais pas me tromper! tu me rendrais trop malheureuse!

FIN DU DEUXIÈME ACTE.

ACTE TROISIÈME.

Même salon.

SCÈNE I.

BRÉMONT, CHAPOUSSARD.

BRÉMONT.

Ainsi donc, tu as eu un succès très-incertain?

CHAPOUSSARD.

Incertain, non.

BRÉMONT.

Assuré?

CHAPOUSSARD.

Encore moins.

BRÉMONT.

Alors, c'est ton échec qui a été complet?

CHAPOUSSARD.

Pas tout à fait.

BRÉMONT.

Si tu te donnais la peine d'être plus clair dans tes réponses?

CHAPOUSSARD.

Je ne refuse pas de te mettre au courant; au contraire.Tu m'avais engagé à user de franchise avec le colonel, c'est ce que j'ai fait.

BRÉMONT.

Sais-tu qu'il est fort bien, le colonel? J'avais souvent entendu vanter la capacité, l'instruction de ces officiers supérieurs, surtout ceux qui appartiennent aux armes spéciales... Mais j'étais loin de soupçonner combien ils ont de véritable valeur... En parcourant mon usine avec M. de Bargy, j'ai été émerveillé de tout ce qu'il sait, de tout ce qu'il m'a expliqué avec une modestie et une convenance parfaites. Il raisonnait industrie et commerce aussi bien que moi... M. de Bargy...

CHAPOUSSARD.

M. de Bargy! il est noble aussi, celui-là! madame la baronne Durval, madame la marquise de Mérange! ta maison n'est ouverte qu'à des nobles!

BRÉMONT.

Tu ne l'es pas, toi, je pense? Mais qu'as-tu donc? de l'humeur?
Ce matin, tu te montrais enchanté du colonel...

CHAPOUSSARD.

Parce que j'espérais qu'il me serait utile. Et toi qui, hier encore, ne voulais pas entendre parler des militaires, aujourd'hui,
tu es plein d'enthousiasme...

BRÉMONT.

Je n'ai aucun enthousiasme. Pendant les quarante-huit heures,
peut-être, qu'il a à passer chez moi, je le recevrai bien, je lui ferai
fête... C'est mon hôte!... mais dès qu'il aura conclu ses arran-
gements avec madame la baronne qui, je crois, ne se fera pas
beaucoup prier, il prendra congé de nous, et Dieu sait quand nous
le reverrons.

CHAPOUSSARD.

Comment, avec la baronne? Tu veux dire avec la marquise?

BRÉMONT.

Non... avec madame Durval.

CHAPOUSSARD.

Madame de Mérange.

BRÉMONT.

Erreur!

CHAPOUSSARD.

Je ne crois pas.

BRÉMONT.

J'ai donc mal compris?

CHAPOUSSARD.

A moins que ce ne soit moi?

BRÉMONT.

C'est dans les choses possibles.

CHAPOUSSARD.

Entendons-nous bien! M. de Bargy m'ayant annoncé que ses
vœux s'adressaient à madame de Mérange, c'est sur la baronne
que s'est tout naturellement concentrée mon adoration, et, tiens,
précisément, nous voilà revenus à ce que j'allais te raconter, lorsque tu m'as interrompu. J'ai couru vers madame Durval... je lui
ai ouvert mon âme, ou plutôt la partie de mon âme qu'elle a in-
cendiée à petit feu... C'est alors qu'elle m'a repoussé avec ce rire
moqueur et charmant qui lui est si familier! J'ai eu beau glisser
malignement que le colonel allait, de son côté, s'engager avec la
marquise... Ah bien! oui; elle ne riait plus!... c'était un ton
d'aigreur qui tenait, je crois, du désappointement!... elle m'a
brusquement planté là. Moi-même, j'étais peu satisfait; je suis
remonté à cheval tout tremblant, tout hors de moi... J'ai été vi-

siter notre bon juge de paix, qui s'est mis, hier, en fureur en apaisant la colère de deux plaideurs; je l'ai saigné... ça m'a calmé, et me voilà revenu, ne te cachant rien de ma mésaventure, et prêt à suivre, dans cette circonstance épineuse, la direction amicale que tu voudras bien me donner.

BRÉMONT.

J'étais persuadé, moi, que M. de Bargy préférait la baronne, et que tu devais, par conséquent, t'adresser à madame de Mérange que j'avais même prévenue de ta démarche.

CHAPOUSSARD.

Tu as été trop vite; c'est ton habitude! S'il en était ainsi, tout ne serait pas désespéré, et je n'aurais simplement qu'à opérer un changement de front, en me reportant vers la marquise...

BRÉMONT.

Et retourner encor,
De la fille d'Hélène à la veuve d'Hector.

CHAPOUSSARD.

Mais dans le cas où je ne serais pas mieux traité de ce côté-là que de l'autre... oh! vois-tu bien, Brémont, mon parti est pris... je dirais adieu, un éternel adieu à ces femmes coquettes et vaniteuses, à ces beautés superbes dont les incorrigibles préjugés...

BRÉMONT.

Dis donc, Chapoussard, il me semble que tes convictions politiques s'affaiblissent ou se fortifient suivant que ta passion ou ton intérêt y trouvent leur compte?

CHAPOUSSARD.

Eh bien! est-ce donc si rare?

BRÉMONT.

Non... mais je croyais que les citoyens vertueux...

CHAPOUSSARD.

Avant que l'occasion s'offre à nous, mais quand nous la tenons... Eh! bon Dieu, nous ne valons pas mieux que les autres, et la Montagne descend alors bien volontiers dans la Plaine, sauf à remonter, en cas d'échec, vers des régions plus pures!... Que me conseilles-tu de faire?

BRÉMONT.

Je crois sage d'attendre et d'examiner de nouveau ce que sont, en réalité, les intentions de M. de Bargy. Je vais le revoir, et quelle que soit la réserve dont il s'enveloppe... Ils sont toujours très-boutonnés, ces mathématiciens... je saurai bientôt à quoi m'en tenir!... il n'est pas facile de me cacher longtemps quelque chose, à moi! Voilà la baronne! ne te livre pas trop!

CHAPOUSSARD.

Me livrer!... je ne demanderais pas mieux ; c'est tout ce que je désire.

SCÈNE II.

LA BARONNE, BRÉMONT, CHAPOUSSARD.

LA BARONNE.

Vous voilà, Brémont; j'ai à vous parler.

BRÉMONT.

Je suis, belle dame, entièrement à vos ordres...

CHAPOUSSARD.

Madame la baronne, je me retire.

LA BARONNE.

Non, M. Chapoussard ; vous pouvez rester. Avez-vous oublié mon petit mouvement d'humeur?

BRÉMONT.

Oui, il m'a raconté...

LA BARONNE.

Votre déclaration a été un peu brusque, Docteur, et ne devant pas m'y attendre, je l'ai reçue peut-être avec trop de vivacité... vous aurez la bonté de me le pardonner.

CHAPOUSSARD.

C'est moi, madame la baronne, qui vous fais mes humbles excuses. (*A part.*) Quand je suis en sa présence, je reviens malgré moi à l'admiration...

LA BARONNE.

Vous comprendrez qu'une femme n'est pas toujours maîtresse d'agréer les sentiments qu'elle inspire, nous resterons bons amis et nous n'en parlerons plus...

BRÉMONT.

Cette fois-ci, c'est un congé en bonne formes. (*Bas à Chapoussard.*) Je n'étais pas dans l'erreur ; elle est au mieux avec le colonel.

CHAPOUSSARD, *de même.*

Il n'y a pas de doute.

LA BARONNE.

Ce que j'ai à vous dire, Brémont, j'en ai du regret; mais j'y suis obligée.... je vais vous quitter.

BRÉMONT.

Nous quitter! et pourquoi donc?

LA BARONNE.

Il le faut absolument.

BRÉMONT.

Mais vous m'aviez promis encore une quinzaine!...

LA BARONNE.

Je voulais vous la donner... ou plutôt la prendre ; ce n'est plus
possible... Excusez-moi... Je partirai demain...

CHAPOUSSARD.

Ce départ précipité, madame la baronne, est-ce que j'aurais le
malheur d'en être la cause ?

LA BARONNE.

Non, M. Chapoussard ; rassurez-vous, ce n'est pas vous qui
précipitez mon départ. Le courrier, mon cher Brémont, vient de
m'apporter des lettres qui seules ont commandé ma détermina-
tion : ma mère quitte la Bretagne, elle revient à Paris, et je ne
puis me dispenser d'aller l'y recevoir.

BRÉMONT.

Je conçois, (*A part.*) C'est assez étonnant. (*Haut.*) Marguerite
sera aussi désolée que je le suis moi-même. Et madame de Mérange, vous allez lui faire bien de la peine.

LA BARONNE.

Madame de Mérange appréciera mes motifs.

BRÉMONT.

M. de Bargy, lui aussi, sera très-contrarié ?

LA BARONNE.

M. de Bargy ?

BRÉMONT.

Sans doute ; il m'avait paru fort empressé auprès de vous et
vous partez lorsqu'il est à peine installé ; ce n'est pas aimable....
il est vrai que vous pourrez le revoir à Paris ?

LA BARONNE.

Vous croyez ? vous êtes fin, Brémont !

CHAPOUSSARD.

Ton observation est judicieuse ; en effet, M. le colonel et madame la baronne se retrouveront à Paris..,

LA BARONNE.

M. Chapoussard !

BRÉMONT.

Du dépit, de la colère !... Il y a là-dessous quelque mystère.

SCÈNE III.

LA BARONNE, BRÉMONT, LA MARQUISE, CHAPOUSSARD.

LA MARQUISE.

Mon ami, je vous cherchais.

BRÉMONT.

Recherche dont je m'honore...

CHAPOUSSARD.

Et dont je voudrais avoir à m'honorer, madame la marquise...

LA MARQUISE.

Ah! vous êtes là, Rosine? je ne vous avais pas vue... que devenez-vous donc?

LA BARONNE.

Je vous ferai la même demande... nous nous sommes, depuis ce matin, à peine entrevues.....

BRÉMONT.

A peine entrevues... Est-ce possible?

LA BARONNE.

Est-ce que votre migraine ne vous a pas laissé de repos?

LA MARQUISE.

Je vous ai déjà dit que ce n'était rien ; ne vous en inquiétez pas...|vous irriteriez vos nerfs, et je serais peinée d'en être cause...

BRÉMONT.

Vous vous donnez continuellement trop d'alarme l'une à l'autre, ce n'est pas raisonnable......

CHAPOUSSARD.

Ces dames ne restent jamais séparées aussi longtemps...

BRÉMONT.

Heureusement, vous aurez le reste de la journée...

LA MARQUISE.

Oui, le reste de la journée et pas davantage...

LA BARONNE.

Que voulez-vous dire, Hélène?

LA MARQUISE.

Ma chère amie, je vais vous faire du chagrin; je le sens, car j'en ai beaucoup moi-même, mais j'y suis contrainte par une circonstance indépendante de ma volonté...

BRÉMONT.

Qu'est-ce donc?

LA MARQUISE.

C'est ce que je venais vous apprendre, Brémont ; je reçois une forte triste nouvelle. Ma plus proche parente, la vieille duchesse, est, m'écrit-on, au plus mal, et je partirai demain pour me rendre auprès d'elle...

BRÉMONT.

Demain?

CHAPOUSSARD.

Elle aussi?

BRÉMONT.

Est-ce qu'elles se sont donné le mot?

LA BARONNE.

Ah! vous partez! (*à part*) avec lui, sans doute!

LA MARQUISE.

Vous comprenez, Rosine, que c'est pour moi l'accomplissement d'un devoir. .

LA BARONNE.

Je le comprends d'autant mieux que je me trouve dans la même obligation.

LA MARQUISE.

Vous?

LA BARONNE.

J'annonçais, il n'y a qu'un instant, à ces messieurs, que le retour imprévu de ma mère me met dans la nécessité de la rejoindre immédiatement.

LA MARQUISE.

Le retour de votre mère? (*A part.*) C'est lui qu'elle veut aller rejoindre!...

BRÉMONT.

Vous me voyez tout interdit, tout désolé! ces deux départs coup sur coup et le même jour...

CHAPOUSSARD, *à part.*

Au fait, je ne risque rien. (*Haut.*) Je vois l'éloignement de madame la marquise avec d'autant plus de douleur, que je me disposais à lui faire un aveu...

LA MARQUISE.

Un aveu, docteur?

CHAPOUSSARD.

Un aveu que mon cœur a trop longtemps renfermé et qui choisit peut-être mal son moment pour arriver jusqu'à vous?

LA MARQUISE.

Il est effectivement tardif et inopportun, votre aveu, M. Chapoussard; laissez-le séjourner encore dans votre cœur; il y est bien... vous me le garderez pour mon premier voyage en Normandie.

BRÉMONT, *bas à Chapoussard.*

Ce nouveau congé-là vaut bien l'autre, et tu n'as que ce que tu mérites...

CHAPOUSSARD.

Il est certain que je sais maintenant aussi exactement que possible à quoi m'en tenir...

BRÉMONT.

Je cours rejoindre le colonel que j'ai laissé là-bas, examinant ma prise d'eau. Viens-tu, Chapoussard ?

CHAPOUSSARD.

Je te suis.

BRÉMONT.

Dois-je parler de votre départ à M. de Bargy ?

LA BARONNE.

Pourquoi donc pas ?

LA MARQUISE.

J'ai peine à comprendre votre question.

BRÉMONT, *bas à Chapoussard.*

Connais-tu une fable de La Fontaine qui commence ainsi :

Deux coqs vivaient en paix ; une poule survint.

CHAPOUSSARD, *de même.*

Et voilà la guerre allumée !

Eh bien ?

BRÉMONT.

Eh bien ! à la place de deux coqs, mets deux poules. M. de Bargy est survenu...

CHAPOUSSARD.

Je comprends !... Mais, à ce compte-là, la comparaison n'est pas flatteuse pour moi, car j'étais ici avant M. de Bargy !... Ah ! mon ami, je le vois bien !... elles étaient aristocrates... et quoi qu'il arrive, elles resteront toujours aristocrates !

SCÈNE IV.

LA MARQUISE, LA BARONNE.

LA MARQUISE.

Vos projets sont donc entièrement changés ?

LA BARONNE.

Changés entièrement. Je vais tout à l'heure écrire pour annoncer mon retour.

LA MARQUISE.

C'est ce que moi-même je compte faire, car j'ai fermement résolu de partir demain.

LA BARONNE.

J'y suis également très-décidée.

LA MARQUISE.

Oh ! je sais que lorsque vos petites idées sont arrêtées...

LA BARONNE.

Il est possible que les vôtres soient plus élevées, plus étendues; mais, dans cette occasion-ci, je crois qu'elles n'ont pas plus de portée que les miennes.

LA MARQUISE.

Laissons cela, je vous prie; je n'aime pas les comparaisons.

LA BARONNE.

Ni moi non plus, quand elles sont de cette nature...

LA MARQUISE.

Il est fâcheux de se convenir si peu et d'être à tous moments forcées...

LA BARONNE.

Il y a un terme à tout, madame la marquise, et voilà enfin que nous y touchons...

LA MARQUISE.

Soyez assurée, madame Durval, que je ne serai pas la dernière à m'en féliciter... j'échapperai ainsi à une contrariété perpétuelle...

[LA BARONNE.

Et moi, à une humeur sans égale...

LA MARQUISE.

Il serait impossible de mener plus longtemps une pareille existence, et je rends grâce à madame votre mère, qui vous a rappelée si subitement et avec tant d'à-propos...

LA BARONNE.

Le retour de ma mère est pour le moins aussi réel que la maladie, l'agonie, je crois, de madame votre tante, la duchesse.

LA MARQUISE.

Ce que vous ne révoquerez pas en doute, c'est l'arrivée du colonel à Paris, en même temps que la vôtre...

LA BARONNE.

Votre colonel est un fat.

LA MARQUISE.

Un fat! c'est vous qui l'appelez ainsi?

LA BARONNE.

Je ne me rétracte pas, et vous savez mieux que moi quel est son itinéraire !

LA MARQUISE.

Mieux que vous? J'ai peine à vous comprendre...

LA BARONNE.

Voudriez-vous le nier ?

LA MARQUISE.

Je le nie très-formellement.

LA BARONNE.

Jouons-nous la comédie ?

LA MARQUISE.

En tout cas, vous la jouez fort bien.

LA BARONNE.

Il est difficile de lutter avec vous.

LA MARQUISE.

Mais que supposez-vous donc ?

LA BARONNE.

Je suppose que vous avez manqué de loyauté, de délicatesse...
que vous avez oublié nos conventions, et que puisque votre colonel vous tenait tant au cœur...

LA MARQUISE.

Oh çà ! mais... Entendons-nous, de grâce ?

LA BARONNE.

Comment, entendons-nous ?

LA MARQUISE.

Vous n'êtes pas d'accòrd... là, tout à fait d'accord avec M. de
Bargy ?

LA BARONNE.

Je n'ai trouvé en lui, je le répète, qu'un fat, un imperti-
nent !...

LA MARQUISE.

Il serait vrai ! Mais il n'a pas été plus aimable avec moi...
Voyons ; encore une fois, Rosine, expliquons-nous... et de la
franchise, s'il est possible !

LA BARONNE.

Oui, s'il est possible !

LA MARQUISE.

Ce que c'est que de n'avoir pas de confiance !

LA BARONNE.

Est-ce moi qui vous ai refusé la mienne ?

LA MARQUISE.

Est-ce moi qui n'ai pas répondu à la vôtre ?

LA BARONNE.

Je lui croyais le désir de vous épouser, et s'il ne me l'a pas
dit, il a du moins pris plaisir à ne pas me détromper.

LA MARQUISE.

Il a de même affecté de ne me parler que de vous.

LA BARONNE.

Et quel est le conseil que vous lui avez donné... franchement...

LA MARQUISE.

Franchement... je me rappelle lui avoir dit que vous ne lui

conveniez... c'est-à-dire qu'il ne vous convenait d'aucune manière... Et vous?

LA BARONNE.

Entre mon langage et le vôtre, il n'y a pas eu, je crois, la moin-
dre différence...

LA MARQUISE.

Nous n'avons rien à nous reprocher.

LA BARONNE.

Nous sommes quittes! Mais lui! Il nous a jouées toutes les
deux.

SCÈNE V.

LA MARQUISE, ROBERT, LA BARONNE.

LA BARONNE.

Que voulez-vous, M. Robert?

ROBERT, *un carton de dessin sous le bras.*

Pardon, mesdames, d'entrer ainsi et de vous déranger? Je
cherchais M. le colonel; il n'est pas ici?

LA BARONNE.

Nous ne l'avons pas vu.

ROBERT.

C'est que mademoiselle Marguerite m'avait chargé de le
prier...

LA BARONNE.

Mademoiselle Marguerite vous avait chargé...

LA MARQUISE.

De le prier...

ROBERT.

De vouloir bien l'attendre dans ce salon où elle va venir pour
dessiner...

LA BARONNE.

Elle va venir.

LA MARQUISE.

Pour dessiner?

ROBERT.

Oui, madame la marquise; je viens préparer sa table, ses car-
tons.

LA BARONNE.

Et elle invite M. de Bargy.

ROBERT, *en rangeant la table.*

A l'attendre! si M. le colonel venait, ces dames auraient la
bonté...

4

LA BARONNE.

Sans doute, M. Robert, nous serons vos interprètes.

ROBERT.

Madame la Marquise et madame la Baronne m'excuseront... Je suis bien aise de les avoir rencontrées ici... Voilà ma commission faite... et bien faite!

SCÈNE VI.

LA MARQUISE, LA BARONNE.

LA MARQUISE.

Eh bien, ma chère amie?

LA BARONNE.

Qu'en dites-vous?

LA MARQUISE.

Est-ce clair?

LA BARONNE.

Très-clair!... Et il faut avouer que nous sommes de grands enfants!

LA MARQUISE.

Vous le disiez bien : nous avons été jouées...

LA BARONNE.

Jouées indignement.

LA MARQUISE.

Nous n'y avons rien vu.

LA BARONNE.

Absolument rien.

LA MARQUISE.

Et Brémont, dupe comme nous!

LA BARONNE.

Marguerite.

LA MARQUISE.

Il la connaissait!

LA BARONNE.

A Rouen... Il y a été!

LA MARQUISE.

Il l'a dit... voilà l'amour pour l'artillerie tout expliqué.

LA BARONNE.

Cet amour tout platonique!

LA MARQUISE.

Nous trahir... à plaisir!

LA BARONNE.

L'une après l'autre ; c'est affreux !

LA MARQUISE.

C'est horrible !... vous si jolie, si charmante !

LA BARONNE.

Moi, je ne dis pas !... Mais vous ! toi, Hélène... tant de grâce, tant de beauté !...

LA MARQUISE.

Et j'ai pu te soupçonner ?

LA BARONNE.

Je t'ai accusée...

LA MARQUISE.

Combien je suis coupable !

LA BARONNE.

Je ne me le pardonnerai jamais.

LA MARQUISE.

Quel aveuglement ! un peu plus et nous aurions eu de l'humeur l'une contre l'autre !

LA BARONNE.

Nous en étions bien près.

LA MARQUISE.

Nous aurions pu nous brouiller !

LA BARONNE.

Heureusement, nous ne nous sommes rien dit de trop désagréable !

LA MARQUISE.

Rosine ?

LA BARONNE.

Hélène ?

LA MARQUISE.

La paix ?

LA BARONNE.

La paix ! Elle est nécessaire ! Elle seule peut assurer notre vengeance !

LA MARQUISE.

Pas d'éclat, Rosine ? Les rieurs ne seraient pas de notre côté.

LA BARONNE.

Oh ! je ne pardonne pas de telles injures ! Il m'a jouée... je me vengerai de lui !...

LA MARQUISE.

Nous en aimera-t-il davantage ?

LA BARONNE.

Je me vengerai d'elle.

LA MARQUISE.

Triste consolation!... mais il faut d'abord être bien certaines qu'ils sont d'intelligence. De chez moi, Rosine, de chez vous, nous pourrons tout entendre...

LA BARONNE.

A merveille... et nous nous retrouverons dans la galerie.

SCÈNE VII.

LA MARQUISE, LA BARONNE, ROBERT, MARGUERITE.

ROBERT.

La table de mademoiselle est préparée.

LA MARQUISE.

Vous allez dessiner, ma chère Marguerite?

MARGUERITE.

Oui, je venais terminer...

LA BARONNE.

Nous ne voulons pas gêner vos études.

LA MARQUISE.

Nous vous laissons... seule; les arts veulent du recueillement ! je n'ai plus que quelques instants pour faire mon courrier.....

LA BARONNE.

Je me dépêche aussi d'expédier le mien.

ROBERT, *bas à Marguerite.*

Et elles laisseront, sans mauvaise intention, leur porte entr'ouverte, afin de ne rien perdre de la conversation.

SCÈNE VIII.

DE BARGY, MARGUERITE.

DE BARGY.

J'accourais, mademoiselle, tout désireux, tout impatient de vous rencontrer.

MARGUERITE, *assise.*

Oui, M. de Bargy... oui, j'ai voulu parler... Pendant que je dessine, nous pourrons causer, causer longtemps; prenez un fauteuil : là, très-bien ; mais avant tout, que je commence par vous remercier.

DE BARGY.

Me remercier ! et de quoi?

MARGUERITE.

C'est bien aimable à vous d'avoir cédé aux prières de mon
père et de nous accorder quelques jours.

DE BARGY.

Mademoiselle...

MARGUERITE.

Oh! quelques jours!... nous les voulons. Écoutez donc; il faut
que vous preniez en pitié notre solitude.

DE BARGY.

Si je m'en rapporte à ce que j'ai vu, elle n'a rien de trop ef-
frayant!

MARGUERITE.

Aujourd'hui, mais, demain, elle deviendra complète.

DE BARGY.

Comment donc?

MARGUERITE.

La marquise et la baronne nous quittent.

DE BARGY.

Vraiment!

MARGUERITE, *jetant en riant les yeux sur les deux portes.*

Vous ne les aurez vues que bien peu de temps; j'en suis fâchée
pour vous, car elles sont fort aimables. Vous le savez, puisque
vous les connaissiez! Laquelle des deux préférez-vous?

DE BARGY.

Je n'ai point de préférence, je n'établis aucune comparaison et
si j'osais m'en permettre une, en vous voyant, mademoiselle....

MARGUERITE.

Oh! ne me faites pas de compliments; (*se levant*) aussi bien,
il me serait impossible de continuer ainsi; vous croyez peut-être
que j'ai dessiné?... voyez... je n'ai pas donné un coup de
crayon... Est-ce que je le puis? je suis trop émue... Tenez, monsieur de Bargy, ma reconnaissance est plus forte que ma volonté.

DE BARGY.

Que dites-vous?

MARGUERITE.

Je dis que vous m'avez sauvée... oui, sauvée... à Rouen... par
votre sang-froid au milieu du feu, par votre courage admirable!
je dis que je le sais, et qu'en vérité, je suis, depuis hier, hon-
teuse de mon silence! Que je vous aie reconnu, ou que Robert
m'ait confié votre secret... ne me le demandez pas; qu'importe?
nous sommes seuls... mais devant témoins, je vous dirais de
même combien est vive et sincère la gratitude dont je suis pé-

nétrée...Vous vous taisiez... vous... vous évitiez de faire appel à ma reconnaissance... Eh bien... moi, j'ai le devoir, le besoin de ne pas l'étouffer plus longtemps en moi-même ; elle me deviendrait un fardeau !... Maintenant, voilà mon cœur soulagé ; je dessinerai tout à mon aise et nous pouvons reprendre notre conversation... (*Elle se rassied et dessine.*) Parles-moi de vous, monsieur de Bargy, de ce qui vous intéresse ; nous ne nous connaissons que d'hier, mais c'est de plus loin, c'est de Rouen, que nous daterons notre amitié.

DE BARGY, assis près de Marguerite.

Notre amitié !... Parler de soi, mademoiselle, c'est embarrassant, surtout devant vous !... Pourtant, je vous obéis, et je ne m'aiderai que de ma franchise. Mon existence passée est peu de chose ; les événements ne s'y sont pas levés pour moi bien éclatants... j'étais sans fortune... j'ai beaucoup travaillé ; j'ai traversé les écoles et non sans quelques succès. Le monde m'a accueilli. Il est meilleur qu'on ne le dit, le monde !... Il m'a accueilli avec cette faveur qu'il accorde ordinairement à tout jeune homme qui montre du cœur, de l'aptitude, de la volonté. A vingt-cinq ans, j'étais capitaine ; j'en ai trente-deux... C'est la guerre d'Afrique qui a fait le reste !

MARGUERITE.

Voilà tout ?

DE BARGY, se levant.

Cette vie militaire s'est mêlée... je vous ai promis de la sincérité, à une autre vie de plaisirs qui n'a été, je l'avouerai, ni sans fautes, ni sans regrets.

MARGUERITE, se levant.

A entendre, hier, ces dames, vous étiez un héros !

DE BARGY.

Quel héroïsme, bon Dieu, et que, plus tard, un homme d'honneur sourit de pitié sur lui-même, lorsque le temps et la raison sont venus le désillusionner ! Ah ! mademoiselle, croyez à ce que je vais vous dire... à vous seule... Mais... moi aussi, devant témoins, (*Regardant vers les deux portes*) je parlerais sans hésitation ; il n'y a jamais eu là, à côté de l'amour de mon pays qu'un seul sentiment, vrai, profond, et je ne l'éprouve que depuis le jour où un ange de beauté est à mes yeux comme descendu du ciel pour m'appeler à une nouvelle vie !... Oh ! oui, je vous aime... je vous aime de toute la puissance de mon être !... Je n'existais plus que par votre souvenir, par les nobles enchantements qu'il m'a fait rêver !...Marguerite, pardonnez !... Tenez, il n'y a pas jusqu'à ce nom de Marguerite !..

MARGUERITE.

Il est bien simple, bien ordinaire !

DE BARGY.

Un nom, tout son mérite est dans celle qui le porte, et le vôtre est devenu pour moi le plus suave et le plus doux de tous les noms !... Mais je m'égare, mademoiselle, et si je vous offense...

MARGUERITE.

M'offenser ! vous ? Vous ai-je donc, jusqu'à présent, montré beaucoup de courroux ?

DE BARGY.

Ah !... c'est à me rendre le plus heureux des hommes ! Mais vous m'avez entendu ?... je n'ai rien, rien au monde.

MARGUERITE.

M. de Bargy, si vous aviez une grande fortune, me la donne-riez-vous ?

DE BARGY.

Et votre père ? un refus, je ne le supporterais pas.

MARGUERITE.

Mon père, l'auriez-vous donc mal jugé ?

DE BARGY.

Mais... puis-je donc être venu ici pour réclamer la récom-pense d'un service rendu, le prix de votre salut, de votre déli-vrance ?... Et quel prix, grand Dieu ! vous, Marguerite, vous ! à moi pauvre, le plus grand, le plus précieux de tous les biens ! Ah ! l'honneur me défend de le demander... et peut-être m'or-donne-t-il de m'éloigner, de partir.

MARGUERITE.

Partir !... partir !...

DE BARGY.

Non, non, je ne dois pas m'armer du passé pour mendier votre main, votre fortune...

MARGUERITE.

Vous ne le devez pas... Ah ! quel homme vous êtes !... c'est vrai, vous ne le devez pas !... Mon père ?

SCÈNE IX.

DE BARGY, BRÉMONT, MARGUERITE.

BRÉMONT.

On ne m'avait pas trompé.

MARGUERITE.

Qui donc, mon père ?

BRÉMONT.

Ces dames, qui n'ont pas voulu me laisser ignorer que tu étais depuis deux heures avec M. le colonel.

MARGUERITE.

Deux heures, c'est beaucoup! Vous ont-elles annoncé, ces dames, que j'avais eu raison de me fier à mes souvenirs, à mes pressentiments... Vous voyez devant vous mon libérateur!

BRÉMONT.

Il se pourrait!... Quoi, M. le colonel... c'est vous...

DE BARGY.

Le hasard a voulu...

MARGUERITE.

Oui, c'est bien M. de Bargy qui, au péril de sa vie, a conservé les jours de votre fille! Avouez que vous voilà un peu embarrassé?

BRÉMONT.

Embarrassé, moi!

MARGUERITE.

Il est difficile de concilier votre reconnaissance et cette haine vigoureuse que vous portez à l'uniforme.

BRÉMONT.

M. le colonel, ne croyez pas...

DE BARGY.

Nous causerons, monsieur, et j'espère vous prouver que le soldat, même le plus obscur, ne sert jamais l'État sans acquérir quelques-unes des vertus de son métier... vertus modestes...

BRÉMONT.

Mais estimables.....

MARGUERITE.

Et, peut-on savoir, mon père, quelles sont les confidences que nos deux bonnes amies viennent de vous faire avec tant de bienveillance?

BRÉMONT.

Je ne sais pas ce qu'elles ont contre vous, M. de Bargy, ou plutôt je m'en doute... Mais elles vous déchirent à qui mieux mieux. Vos dissipations de jeunesse, vos aventures... Toi, on t'accuse de ruse, de dissimulation!... et moi...

MARGUERITE.

Vous!

BRÉMONT.

Sais-tu ce que la baronne a osé me dire?... que je ne suis qu'un père aveugle, crédule, un père de comédie...

DE BARGY.

Monsieur...

BRÉMONT.

Elle l'a dit, monsieur! un père de comédie! on n'aurait pas craint de recourir, sous mes yeux, pendant vingt-quatre heures, à je ne sais quelle intrigue coupable dont le dénouement...

MARGUERITE.

Le dénouement, il ne se fera pas attendre! voyons, mon père, dans ces pièces anciennes ou modernes, qui font votre étude favorite, que se passe-t-il à la dernière scène...

BRÉMONT.

Pourquoi cette question?

MARGUERITE.

Le jeune homme vient respectueusement trouver le père et lui demander la main de la jeune personne...

BRÉMONT.

C'est bien le moins qu'il puisse faire?

MARGUERITE.

Mais ne pourrait-on pas se permettre un dénouement tout différent... et si la jeune personne elle-même...

BRÉMONT.

Elle-même!... ce serait bien hardi!

MARGUERITE.

Ce serait hardi, sans doute ; mais si celui qu'elle aime, n'écoutant qu'un sentiment de délicatesse poussé à l'excès, avait fermement résolu de ne pas se déclarer... et si sa destinée, à elle, reste ainsi en suspens... s'il s'agit du bonheur de toute sa vie.....

BRÉMONT.

Comment?

MARGUERITE.

Mon père, écoutez-moi : M. de Bargy a de l'amour pour votre fille, et tout à l'heure il était là, me suppliant d'y répondre ; ma réponse, c'est en m'adressant à vous que je vais la lui faire. L'amour de M. de Bargy, si vous m'y autorisez, mon père, je l'accepte, et bien plus, je le partage !... oui, j'aime M. de Bargy ... je l'aime... non pas avec l'étourderie d'une enfant qui s'engage, avide de l'avenir, sans s'être assurée d'elle-même, mais avec cette sécurité calme et réfléchie que donne la conscience de bien faire. Je l'aime enfin, parce que dans ces jours de malheurs où tant de caractères se sont abaissés, dans ces jours de malheur... il est doux et consolant pour une famille comme la nôtre de s'allier à un homme pur, recommandable et dont l'honneur puisse rayonner sur tous les siens... mon père... je vous demande la main de M. de Bargy?

BRÉMONT.

Allez donc dire à toutes les petites convenances de société de se heurter contre la volonté de mademoiselle! elles s'y briseront, et avec elles, ma voix, ma raison, mon autorité de père!..· Monsieur, je serais grandement honoré de cette alliance!... Marguerite est mon bien le plus cher, mon trésor dont j'ambitionnais, fou que j'étais, de ne jamais me dessaisir... eh bien... tu le veux, Marguerite?...

MARGUERITE.

Oui, mon père, je le veux! je veux n'être pas seule à vous rendre heureux!

DE BARGY.

Mais, monsieur, le savez-vous? je n'ai que mon épée....

BRÉMONT.

Votre épée!... elle a fait le salut de mon enfant... elle sera l'orgueil de ma famille! touchez là, M. le colonel, Marguerite est à vous! et maintenant, je ne vous le cacherai pas; tout militaire que vous êtes, vous me plaisez fort : vous savez l'industrie, vous connaissez toutes les machines de ma filature...

DE BARGY.

Et quand vous le voudrez, nous causerons théâtre.

BRÉMONT.

Vraiment?

DE BARGY.

Oh! je n'en suis pas à mon coup d'essai! j'ai déjà joué les *Fausses confidences* à Mostaganem, devant un parterre d'Arabes et de Marocains.

SCÈNE X.

BRÉMONT, DE BARGY, MARGUERITE, LA MARQUISE, LA BARONNE.

BRÉMONT.

Arrivez, madame la baronne, arrivez, madame la marquise... j'ai l'honneur de vous présenter mon gendre.

LA BARONNE.

Je l'avais deviné.

LA MARQUISE.

C'est ainsi que cela devait finir.

LA BARONNE.

Marguerite, recevez mes compliments sincères.

MARGUERITE.

Je reçois vos compliments...

LA MARQUISE.

Agréez aussi les miens! croyez-moi, Marguerite, vous serez heureuse!

SCÈNE XI.

DE BARGY, MARGUERITE, BRÉMONT, LA MARQUISE, CHA-POUSSARD, LA BARONNE.

BRÉMONT.

Eh! viens donc, Chapoussard! il ne nous manque plus que toi! une grande nouvelle, mon ami... j'ai marié ma fille... je l'ai ma-riée à M. de Bargy!

CHAPOUSSARD.

A M. de Bargy?... c'est très-bien fait!... alors ma position n'est pas changée!... madame la marquise, je me retrouve entre vous et madame la baronne, comme j'y étais hier, avant l'arrivée de M. le colonel...

LA MARQUISE.

Vous savez que nous partons pour Paris, M. Chapoussard?

BRÉMONT.

Ta campagne amoureuse ressemble, à s'y méprendre, à ta cam-pagne politique, et je te conseille de faire après la seconde, comme après la première : retourner à tes malades. Quand on est médecin, bon médecin, il faut, malgré les révolutions, rester médecin... c'est le moyen de faire du bien et de ne pas faire de mal!... et quand on est vieux garçon, il faut, malgré les jolies femmes, rester vieux garçon.

CHAPOUSSARD.

Je commence à croire que tu as raison. Pour vous, belles dames, la douce intimité qui vous unit, va donc suffire à votre bonheur?

LA BARONNE.

Sans doute; n'est-ce pas, Hélène?

LA MARQUISE.

Pourquoi non, ma chère Rosine?

MARGUERITE.

Et l'amitié pourra vous tenir lieu de tout?

LA BARONNE.

De tout!

MARGUERITE.

Toujours?

LA MARQUISE.

Toujours !

MARGUERITE.

Je ne l'aurais pas cru!... ce que c'est pourtant que l'amitié des femmes.

FIN.

Corbeil, typ. de CRÉTE.